野いちご文庫

洗脳学級

西羽咲花月

STARTS
スターツ出版株式会社

×××××
×××××
CONTENTS

どんなことでも解決してくれる秘密のアプリで友達が100点を取った

そしてあたしは、能力を手に入れた

なんでもアプリに解決してもらった

あのアプリ
あっという間に
浸透《しんとう》しちゃったね
さらに
数日後—
アプリが原因で
死者も出てる
クラス全体が
洗脳されている
ような…
クスクス

昌一《まさかず》の彼女になりたいの どうすればいい?
ボクが解決してあげる!
ダイエットをすればいいよ!
ダイエットの次は何をすればいい?
目を大きくすればいいよ!
目を大きくってまさか整形?
ハサミを使って自分で整形すればいいんだよ!
洗脳されていたのは、あたしもだ…

あたしのスマホに入っているアプリを消してほしいの
え？
お願い！
わかった
麗衣《れい》がそこまで言うなら協力する
!!
ガバ
あ…
やっと消せたんだ…
ボクのことは消せないよ？
なんで…？

井《い》坂《さか》昌《まさ》一《かず》

麗衣とは小学生のころから幼なじみで、じつは両想い。アプリがきっかけで２人の間にヒビが入りはじめる。

伏《ふし》見《み》麗《れ》衣《い》

平凡な毎日を送る、ごく普通の高２。ところが、沙月から教えてもらったアプリに、どんどんハマっていき…!?

松藤《まつふじ》沙月《さつき》

どんなことでも解決してくれるアプリを、麗衣たちに教えたクラスメイトで美少女。昌一に想いを寄せている。

金杉《かなすぎ》美世《みよ》

麗衣とは中学から親友で高校でも同級生。明るい性格だけど、じつは子どものころに両親から虐待を受けていた。

「洗脳学級」

友達に教えてもらったお役立ちアプリ。
それを使えばどんなことでも解決できる。

「サッカーのライバルと差をつけたいんだ」
《ボクが解決してあげる！　相手の両足を切断すればいいんだよ！》

そんな回答にさえ、
あたしたちは恐怖心を抱かなくなっていく……。

第一章

ニュース

五月中旬の青い空の下、公園のベンチに座る二人の少女がいた。

一人の少女は顔色が悪く、スマホを持った手は小刻みに震えている。

「ボクが解決してあげる！」

少女の持つスマホから、そんな明るい声が聞こえてきた。

画面上ではピンク色のウサギが体を揺らし、こちらを見ている。

「あたしは……どうすればいいの……？」

そう聞いた少女の目には涙が浮かんでいる。

よく見ると半袖のシャツから覗いた細い腕には、いくつもの傷ができていた。

《イジメっ子を、殺しちゃえばいいんだよ！》

ウサギが飛び跳ねて答えた。

少女はビクリと体を震わせ、そして隣に座る同年代の友人へと視線を向けた。

「殺しちゃえって……どうしよう……」

視線を向けられた少女は戸惑いながらも、口を開く。

「じゃあ、そのとおりにしてみたら……？」

初夏の、生温かな風が二人の間を通りすぎていった。

『五月十日十時ごろ、十七歳の少女が同級生の少女二人を殺害後、自殺しました』

それは朝のニュースにしては物騒な話題だった。

あたしは制服姿でリビングのソファに座り、まじまじとテレビ画面を見つめる。

さっきニュースキャスターが伝えていた町は、ここから三駅先にある。

比較的近い場所だったのだ。

「同級生同士の殺人事件？」

家事の手を止めて、お母さんが後ろから聞いてきた。

「そうみたい」

加害者の少女は、被害者の少女二人からイジメを受けていたことがわかっているらしい。

「人をイジメているからそんなことになるのよ。殺したいくらい怨まれるなんて、いったいどんなことをしたのかしらね」

お母さんはそう言ってしかめっ面をした。

殺されてしまっているのに、身も蓋もない言い方だ。

「あんたはイジメなんてしてないでしょうね？」

続けてあたしへ視線を向けて、聞いていた。

「まさか。そんなことしないよ」

そう返事をしたとき、テレビ画面上の時刻表示が視界に入った。

「やば！　遅刻する！」

ついニュース番組に釘づけになってしまい登校時間をすぎてしまった。

あたしはカバンを片手に持ち、慌てて玄関へと走った。

「ケガしないようにね！」

「はぁい！　行ってきます！」

あたしはお母さんへ返事をして、家を出たのだった。

朝倉《あさくら》高校の二年A組の教室へ入るとまだ先生は来ていなくて、ひとまず安堵して自分の席へ向かった。

教室前方にある時計を見てみると、ホームルーム開始まであと十分は残っていることがわかった。

大急ぎで走ってきたから、ずいぶん余裕があったみたいだ。

「麗衣《れい》おはよー」

声をかけてきたのはクラスメートの金杉美世《かなすぎみよ》だった。

隣には下町佑里香《しもまちゆりか》の姿もある。

二人とも中学時代からの親友だ。

「おはよう二人とも」

「すごい汗。大丈夫？」

佑里香が細い体を折り曲げてあたしを心配してくれている。

「大丈夫、大丈夫。ちょっと遅刻しそうになって、走ってきたの」

そう言いハンカチで汗をぬぐった。

「またスマホゲームのやりすぎ？」

美世が聞いてきたので、あたしは左右に首を振った。

「違うよ。ニュース番組を見てたの」

そう言っただけで二人とも思い当たったのか「あぁ～」と、声を漏らした。

「隣町の事件だもんね。もうみんな知ってるみたいだよ」

美世が眉を寄せて言った。

「ビックリしたよね。十七歳って、あたしたちと同い年じゃん？　人を二人も殺すなんて信じられない」

あたしはそう言って息を吐き出した。

ニュース番組で流れていた加害者の家は、ごく普通の家に見えた。

マスコミや警察の出入りがなければ、その中に殺人犯がいるなんて思いもしないだろう。

「結局自分も自殺してるしさ、自分が死ぬだけじゃダメだったのかな？」

美世の言葉に佑里香は「あたしは嫌だなぁ」と言った。

「だって、自殺の原因はイジメだったんだよ？　相手がずっと生き続けるなんて嫌じゃない？　イジメ自殺だって殺人だよ、殺人」

佑里香は『殺人』という部分を強調して言った。

確かに、そういう考え方もあるかもしれない。

何も知らないあたしたちはイジメから逃れる方法があったんじゃないかと考えてしまうが、本人からすればそんな道はすでに断たれている場合もある。

「深刻な顔して、なんの話してんだよ」

そんな声が聞こえてきて顔を向けると、井坂昌一《いさかまさかず》が登校してきたところだった。

昌一とあたしは小学校時代からの友達で、もう腐れ縁みたいなものだった。

「今日のニュースの話。といっても、昌一は見てないんだろうけど」

昔から昌一は登校ギリギリまで寝ているタイプで、今でもそれは変わらない。

「おぉ。寝てた」

そう言って白い歯を覗かせて笑っている。

呑気《のんき》でいいなぁ。

「あ、サッカー部の二人が朝練から戻ってきたよ」

佑里香が言い、自分の席へと戻っていく。

それとほぼ同時にホームルーム開始を知らせるチャイムが鳴ったのだった。


「まぁた本なんか読んでんの？」

ホームルームが終わると同時に、教室後方からそんな声が聞こえてきた。

今の声は戸張《とばり》カノンの声だと、見なくてもすぐにわかった。

「別に……」

小さくて聞き取れないくらいのこの声は、貝谷想《かいたにそう》。

想は大人しくて目立たないタイプの生徒で、カノンは派手なギャル系の生徒だった。

見た目からしてまったく釣り合わないタイプのふたりだ。

「カノンが何の本だって聞いてんだろ」

この声は橋木浩哉《はしきひろや》のものだった。

浩哉はカノンの彼氏だ。

「小説を」

「小説だってさ！　どうせエロいやつなんでしょ」

そう言い、カノンは想が読んでいた本を当然のように奪い取った。

「違うよ！　返せよ！」

慌てて取り返そうとする想を睨みつける浩哉。

「お前、俺のカノンにそんな口聞いてんじゃねぇぞ」

明らかにカノンが悪いのに、浩哉は想を睨みつけた。

想はガタイのいい浩哉に睨まれて、一瞬にしてひるんでしまっている。

しかし、教室後方で行われる想イジリはいつものことで、気にしている生徒は誰もいなかった。

でも、今朝のニュースを思い出すとちょっとだけ気になってしまう。

想がいつ爆発を起こして二人を殺してしまうか……って、さすがにそんなことにはならないか。

あたしは自分で自分の考えに突っ込みを入れて、一人苦笑した。

もしそんな場面が来たとしても、想と浩哉じゃ体格差もありすぎるから、想に勝ち目はない。

浩哉がイジリをエスカレートさせ、想を殺してしまうほうが現実的だった。

「今度の試合なんだけどさぁ」

そんな声が聞こえてきて教室の前方へと視線を戻した。

黒板の前ではサッカー部の内林卓治《うちばやしたくじ》と沢柳成仁《さわやなぎなるひと》の二人が試合についての話を熱心にしている。

いつもの教室の風景だった。

「ねぇ、今日の小テストってさぁ」

数学の教科書を手にした美世がそう言いながらあたしに近づいてきた。

「え?」

ボーっとしていたあたしはキョトンとして美世を見つめる。

「テストだよテスト。昨日先生が言ってたじゃん」

「そうだっけ?」

首をかしげつつ黒板の横に貼ってある時間割を確認する。

今日の数学の授業は一時間目になっている。

「待って、あたし全然勉強してない」

そう言い、慌てて教科書を取り出した。

今から勉強したって苦手な数学のテストができるとは思えないけれど、何もしないよりは少しはマシだった。

「あたしも勉強する」

そう言ってやってきたのは佑里香だった。

三人の中じゃ一番数学が得意だ。

「どこらへんが出るかわかる？」

そう聞くと、佑里香が教科書を開いて教えてくれた。

「小テストなのに範囲広すぎない⁉」

五ページ分の教科書を見てメマイを感じ、なげいた。

これはもうどうにもならないかもしれない。

「この中のどれかが出るって言ってたよ。麗衣、方程式覚えられる？」

佑里香に聞かれてあたしは左右に首を振った。

「今からなんて無理だよぉ」

どうしてテストの存在を忘れてたんだろう！

苦手だからって中途半端にしか授業を聞いていなかった自分を呪いたくなった。

「そんなに必死に勉強しなくてもいいのに」

そんな声が聞こえてきて振り向くと松藤《まつふじ》沙月《さつき》が立っていた。

沙月は学校内でも一位二位を争うほどの美少女で、同性のあたしたちが見てもドキッとしてしまうことが多くあった。

「沙月は勉強してきたの？」

そう聞くと、沙月はあたしの肩に手を乗せてきた。

フワリと甘い香水が香る。

細い指先はなめらかで、同じ十七歳とは思えないくらい大人びていた。

「してないよ？　でも大丈夫。あたしにはこれがあるから」

沙月はスカートのポケットからスマホを取り出し、あたしの机の上に置いた。

画面上にはウサギのキャラクターがいて、飛び跳ねたり踊ったりを繰り返している。

「何これ？　ゲーム？」

美世の質問に沙月は「こんな時にゲームなんてするわけないじゃん」と、笑った。

「これはお役立ちアプリだよ」

「お役立ちアプリ？」

佑里香は首をかしげて聞いた。

「そう！　どんな質問にでも答えてくれるから、便利だよ」

そう言うと、沙月はスマホへ向かって「数学のテストに出題される問題は？」と、聞いた。

「そんな質問でいいの？」

あたしはそう聞いてスマホ画面を見つめた。

テスト範囲がすでに登録されているのかもしれない。

そう思っていると、ウサギが飛び跳ねながら出題されそうな方程式を話し始めた。

「どう？　これだけ覚えておけば大丈夫なんだよ」

沙月は自信満々に言うけれど、本当に大丈夫だろうか？

あたしたち三人は顔を見合わせて苦笑いを浮かべる。

「あ、信じてないでしょ⁉」

「ううん。信じる信じる！」

とにかく一つでも方程式を覚えておいて損はない。

もし次のテストに出てきたらラッキーだしね。

「このアプリ、あたしたちもダウンロードしない？」

そう言い出したのは美世だった。

「お役立ちアプリなんて使ったことがないから、どんなものなのか試してみたいんだよね」

美世は目を輝かせている。

「そうだね！　あたしもダウンロードしてみようかなぁ」

あたしはすぐに同意する。

「だけどこういうアプリって最初の登録が難しそうじゃない？」

そう言ったのは佑里香だった。

「年齢とか性別とか。今回はテスト範囲を登録しておいたから、質問に答えてくれたんだろうしさ」

「それはそうかもしれないけどさ、それで成績がよくなるならいいと思うよ？」

あたしは言った。

ちょっと面倒かもしれないけれど、勉強をするよりはずっと楽だ。

「あたしたちはアプリをダウンロードするけど、佑里香はどうする？」

美世に言われ、佑里香は面倒くさそうな顔をしながらも、ダウンロードすることを決めたようだった。

スマホ画面に現れたウサギはかわいらしく、話しかけると反応してくれるようになっていた。

「登録とか、別にいらないじゃん」

あたしはホッとして呟いた。

ダウンロード後すぐにアプリの利用説明が出ただけで、登録画面は出てこない。

「これ、きっと学習機能があるんだよ」

そう言ったのは美世だった。

美世のスマホにも、すでにウサギがダウンロードされている。

「そうなの？」

「うん。会話をしながら覚えていく、ＡＩなんじゃないかな？」

なるほど。

それなら使っていくうちに勝手に覚えていってくれるから、こっちが手間暇をかける必要もないみたいだ。

「へぇ、これなら便利だね」

さっきまで関心が薄そうだった佑里香も、同じようにダウンロードして言った。

使うかどうかは別として、スマホに入れておいても損はなさそうだ。

それからあたしたち三人は、ウサギが教えてくれた方程式を暗記してテストに臨んだ。

小テストはその日のうちに戻ってくることになったのだが、その点数を見てあたしは目を丸くした。

「すごいね！　ウサギが教えてくれた方程式しか出なかったなんて嘘みたい！」

美世が興奮気味に言いながら、あたしにテスト用紙を見せてきた。

美世の点数は一〇〇点だ。

「すごいじゃん、美世！　一〇〇点なんて！」

「なに言ってんの。麗衣だって一〇〇点じゃん」

あたしの答案用紙を見て笑う。

そう、なんとあたしの点数も一〇〇点だったのだ。

ウサギの言うことを信用して一つの方程式にかけてよかった。

数学で一〇〇点を取ったのなんて、初めての経験かもしれない。

「麗衣と美世も点数よかった？」

あたしたちのもとに駆け寄ってきた佑里香のうれしそうな声を聞けば、テストの結果がどうだったのかすぐに理解できた。

三人とも一〇〇点だったのだ。

まさか、こんな結果になるとは思わなかった。

テスト内容がわかったのはただの偶然かもしれないけれど、沙月が教えてくれたアプリは本当に役立ちそうな気がしたのだった。

「あ、昌一！　便利なアプリがあるんだけど、ダウンロードしない？」

ちょうど机の横を通りすぎていこうとしていた昌一に、そう声をかけた。

「アプリ？」

「うん。お役立ちアプリって言うんだって。見てこのウサギかわいいでしょ？」

画面に出ているウサギを昌一に見せたが、反応は薄い。

「かわいいかぁ？」

昌一は首をかしげている。

「会話もしてくれるんだよ」

あたしは苦笑いしながら、ウサギに話しかけてみた。

「おはよう」

《おはよう！　麗衣ちゃん！》

ウサギはピョンピョンと飛び跳ねて返事をする。

それを見ているだけで癒される気がする。

「あたしの名前を覚えてくれたの」

「へぇ……よかったな」

昌一は興味なさそうに言い、アクビをしながら教室を出ていってしまった。

「何よ、せっかく勧めてあげたのに」

あたしはプゥッと頬を膨らませて言ったのだった。


せっかくダウンロードしたのだから、使ってみないともったいない。

「どうする？　どんな質問にする？」

アプリを起動した状態で美世が聞いてきた。

「そうだなぁ。次の授業ってなんだっけ？」

「次は地理歴史だよ」

あたしの質問に佑里香が答えてくれた。

「地理歴史の先生って全員に問題を当てていくよね？　どんな問題が当たるか聞いてみようか」

「それいいね！　答えられなかったら恥ずかしいもんね」

美世はそう言い、さっそくスマホへ向けて話しかけている。

「でも、まだそんなに学習してないのに問題までわかるものなのかな？」

佑里香は首をかしげて言った。

「まぁ、そうだよね。でもわかる範囲で答えてくれるんじゃないかな？」

《ボクが解決してあげる！》

アプリからそんな声がして、美世のウサギはすぐに答えを出してくれている。

「すごいよこれ！　教科書の内容なんて話してないのに、ちゃんと答えてくれた！」

美世は飛び跳ねて喜んでいる。

どうやら、ウサギからの回答はちゃんと高校二年生の地理歴史の内容に沿ったものだったようだ。

「あたしたちの会話から年齢を割り出したんだろうね」

佑里香が感心したように言った。

だとしたら、ＡＩの学習能力には目を見張るものがある。

「地理歴史の授業で当てられる問題は何?」

あたしが質問をすると、ウサギは同じように飛び跳ねて返事をした。

《ボクが解決してあげる!》

あたしのウサギも同じ文言を言ったあと、授業の解答箇所を教えてくれた。

どうやら、回答前に必ずおきまりのセリフを言うみたいだ。

ウサギが言ったとおり地理歴史の教科書を開いてみると、それはまさに今日習うページに書かれている内容だったのだ。

あたしは目を見開いてウサギと教科書を交互に確認した。

これは本当にすごいアプリかもしれない。

「これさえあれば授業なんて怖くないじゃん!」

美世はそう言って笑ったのだった。


その後、地理歴史の授業を受けたあたしたち三人は、なんの問題もなく質問に答えることができていた。

ウサギは三人分の質問を見事に的中させてきたのだ。

まったく同じ質問だったのに、ちゃんと分別されていることには驚かされた。

「すごいけど、なんだかちょっと怖いね」

休憩時間中、佑里香が不安を口に出してきた。

「まぁねぇ。ダウンロードしてまだ数時間なのに、この成長だもんね」

あたしもそれは感じていた。

このAIはいったいどんな作りになっているのだろうかと、不安になってくる。

「だけどよかったよね。先生に問題を出されてもテンパらなくて」

美世が笑って言う。

「だよね」

あたしは同意して笑う。

地理歴史の授業では想が焦りすぎて何度も噛んでいたのだ。

笑っちゃ悪いけれど、思い出したらおかしくなる。

カノンと浩哉なんて、授業中なのに爆笑していた。

「ねぇ、さっきからなんか面白そうじゃん？」

その声はカノンのもので、あたしは少し警戒しながら振り向いた。

カノンとはグループが違うから、こうして会話することはほとんどない。

しかし、面白いものが大好きなカノンなので、あたしたちが盛り上がっているのを見て話しかけてきたのだろう。

「沙月に教えてもらったアプリだよ」

あたしはそう言って、スマホに表示されているウサギをカノンへ見せた。

「ウサギ？」

「学習能力のあるウサギ。こっちの会話にもちゃんとついてきてくれるよ」

そう説明したのは美世だった。

「へぇ。AIってこと？　このウサギを育てて遊んでるの？」

「ううん。質問をすると、このウサギが答えてくれるの」

あたしの言葉に、途端にカノンはつまらなさそうな表情になった。

「それだけ？」

「でも、結構すごいんだよ？」

意外にも、佑里香がカノンを引き止めるように口を開いた。

「すごいって何が？　会話の中で質問をしたら、答えてくれるだけでしょ？　いまどき珍しくないじゃん」

カノンはきっと、天気予報とか今日のニュースとかを読み上げてくれるAIスピーカーのことを言っているのだろう。

でも、これは段違いだ。

「そうじゃないよ。たとえば、ほら」

あたしは机の中から小テストの答案用紙を取り出してカノンに見せた。

「それ、今日のテスト？　すごいじゃん、一〇〇点？」

「あたし、数学は苦手だから小テストでも一〇〇点なんて取れないよ？」

「でも取ってるじゃん」

首をかしげるカノンにあたしはスマホ上のウサギを指さした。

「これにテストに出る問題を質問したら、教えてくれたの」

「え……？」

カノンは目を丸くしてスマホを見つめる。

「ウサギが教えてくれるわけないじゃん」

そう言うと思っていた。

話しかけられたときは警戒していたけれど、カノンと会話をしているうちにアプリのことをもっと教えたくなっている自分がいた。

「あたしたち三人ともこのウサギに質問して、答えてくれた方程式だけ暗記してたんだよ。そしたら、全員一〇〇点だった」

そう説明をすると、さすがのカノンも絶句してしまった。

その表情を見ると、自分がカノンよりも上の立場になった気がして、少しの優越感を覚えた。

「証拠の答案用紙、見る？」

美世の言葉にカノンは左右に首を振った。

「そのアプリあたしもダウンロードしたい！」

カノンは目を輝かせて言ったのだった。

イジメ内容

さっそくアプリをダウンロードしたカノンは、彼氏の浩哉にもダウンロードを勧めているようだった。

こんなに便利なアプリなんだから、みんなに知ってもらいたい気持ちはある。けれど、みんながこのアプリに試験内容などを教えてもらうようになったら、全員満点を取ってしまうかもしれない。

そうなるとちょっと問題になるかもなぁ……。

そんなことを考えていると「今日の放課後デート、どこにいけばいい？」と、アプリに尋ねているカノンの声が聞こえてきた。

「そっか。そういう楽しい使い方もあるんだねぇ」

ぼんやりとカノンの様子を見ていた美世が呟く。

「そうだね。でも、あたしたちには彼氏いないけど……」

あたしの言葉に、佑里香が眉を下げて「それ、言わないでよぉ」と、今にも泣きそうな声を上げた。

佑里香は一週間くらい前に彼氏と別れたばかりで、まだ引きずっている様子だ。

フラれた理由に『スタイルがよくないから』と言われたらしく、佑里香の落ち込み具合は大きかった。

あたしや美世が佑里香の太らない体質を羨ましいと言っても、本人は余計に気にするばかりだった。

「まだ、勝也くんとヨリを戻したいと思ってるの？」

美世の言葉に佑里香は頷いた。

「そりゃそうだよ。人生で初めてできた彼氏なんだもん」

勝也くんは他校の生徒で、佑里香と出会ったのは通学電車の中だったらしい。

普段は自転車通学の佑里香だけど、その日は偶然イトコの家に泊まっていて翌朝は電車で学校に行くことになった。

普段あまり利用しない電車にワクワクしていた佑里香だったけど、そういう時に限って気分をぶち壊しにしてくる人がいる。

佑里香はその日、初めての電車通学で痴漢に遭ってしまったのだ。

出入り口の近くで吊革につかまっていたところ、後ろからやけに密着してくるサラリーマンがいた。

通勤ラッシュだから仕方がないと思っていたのだが、そのサラリーマンの手はすぐに佑里香の太ももに触れてきたのだ。

たった一日、今日だけの電車通学でそんな目に遭うなんて思ってもいなかった佑里香は何も行動ができなかった。

声を上げることも、満員電車の中を移動することもできずに、ひたすら恐怖と不快感に震えていた。

そんな時に声をかけてくれたのが、勝也くんだったらしい。

偶然近くの席に座っていた勝也くんはサラリーマンに声をかけ、逃げようとするその人を捕まえてくれたらしい。

恋に落ちて当然のシチュエーションだったみたいだ。

あたしと美世は佑里香から散々聞かされてきたから、今では頭に映像が浮かんでくるようだった。

そんな彼から別れを切り出されたのだから、誰だって引きずってしまうだろう。

しかも、チカンから守ってくれたのに『スタイルがよくないから』なんて言われたのだ。

あたしなら勝也くんのことを怨んでしまうかもしれないが、佑里香は自分の太らない体質が悪いのだと思い込んでしまっていた。

「佑里香はキレイだしかわいいから、すぐに彼氏もできるって」

あたしは慌てて言った。

佑里香を落ち込ませるために『彼氏はいない』と言ったわけじゃない。

ただの自虐ネタのつもりだった。

「ダメだよあたしなんて、女らしい曲線もないしさ」

「なに言ってんの。あたしたちは羨ましいくらいだよ」

美世が大げさなため息とともに言ったことで佑里香が声を上げて笑い、この場の雰囲気が和らいだ。

ホッとしたときに教室後方から「想をイジメる方法は?」と、聞こえてきたので、あたしは思わず振り向いた。

視線の先にいたのは浩哉で、想の肩に肘を置いた状態でスマホを見ている。

想は青ざめているが、何もできずに俯いたままだ。

「あんな質問、きっと答えてくれないよ」

美世はツンとした口調でそう言ったけど、アプリは普通に受け答えをしているのがわかった。

《ボクが解決してあげるよ！　頭からゴミを被せるのってどうかな!?》

無邪気な声に、あたしたち三人は目を見交わせた。

「ちょっと、返事しちゃってんじゃん」

佑里香が焦ったようにあたしへ向けて言うけど、そんなことを言われてもあたしには何もできない。

しっかりと受け答えをしたアプリに対して、浩哉は大声を上げて笑っている。

「頭からゴミだってよ！　このアプリが言ったことなんだから、俺を怨むなよ？」

浩哉はニヤニヤと嫌らしい笑みを浮かべて、ゴミ箱を高々と持ち上げた。

そして想が逃げる隙も与えず、頭の上でゴミ箱をひっくり返してしまった。

周囲にゴミが飛び散り、真下にいた想の頭には埃や紙くずが載っかっている。

不運なことに、腐りかけたバナナの皮まで想の頭に載っかり、カノンと浩哉はお腹を抱えて笑い出した。

「誰よ、教室でバナナを食べたのは」

あたしはそう呟き、笑いを押し殺した。

想からすれば最低最悪の悲劇かもしれないが、見ているこっちはつい笑ってしまいそうになる。

「あんな質問にも答えるなんて、このアプリ本当に大丈夫なのかな」

佑里香は不安そうな表情で言った。

「大丈夫だよ。イジメがいいことなのか悪いことなのか、判断できなくて回答しただけじゃない？」

美世がそう言ったので、あたしも頷いた。

いくらAIといっても、どこかしら欠点はあるはずだ。

差別用語ばかり学習して問題になったAIだっているのだから、そんなに深刻になる必要はない。

「それよりさ、今日の放課後どこに遊びに行くかアプリに質問してみようよ」

気を取り直すように美世が言った。

「いいね！　さっきカノンたちも放課後のデートの場所を教えてもらってたもんね」

勉強だけじゃなくて、楽しいことにもたくさん使っていきたい。

あたしたちはさっそくウサギへ向けて質問をした。

「今日の放課後、どこに遊びに行ったら楽しい？」

《ボクが解決してあげる！　放課後は駅前のビルに行くといいよ！》

「駅前のビルって、確か新しい店舗が入ったんじゃなかった？」

ウサギの回答を聞いて、あたしは言った。

オープンしてすぐは人が多いと思ってまだ一度も行ったことがないけれど、かわいい雑貨屋さんが入ったと聞いたことがある。

「そうだね！　あたし一度行きたいと思ってたんだ！」

佑里香はようやく笑顔になって言った。

「じゃ、放課後の遊び場所は決定だね！」

放課後になるとあたしたち三人はすぐに教室を出て、駅へ向けて歩き出した。

駅の正面には大きなビルがいくつも立ち並び、そのほとんどが観光客や若者向けのお店で埋まっている状態だった。

「すぐに学校を出てきたから、まだ空いてるね」

店内を歩きながらあたしは言った。

少し時間がたつと学校終わりの生徒たちで、この辺はごった返してしまうのだ。

お目当てのショップに行くのは今のうちだった。

「あ、ここだよここ！」

いっそうきらびやかなショップの前で佑里香は言った。

内装も新しくて、本当にキラキラして眩しいくらいだ。

店内には人気キャラクターの雑貨が所狭しと並べられていて、見ているだけで楽しくなってくる。

「あ、このキャラ好き！　あたし集めてるんだぁ」

美世も目を輝かせて商品を見つめている。

あのアプリの言うとおりここへ来たおかげで、みんな上機嫌に見えた。

ところが……。

雑貨屋を見ていたその時、外から大きな爆発音が聞こえてきてあたしたちは動きを止めた。

「今の音、何？」

佑里香にそう聞かれて、あたしは首を左右に振った。

店内にいた店員たちが慌てて窓に駆け寄り、外の様子を確認している。

あたしたちも確認しに行こう！

好奇心からそう思ったが「お客様は外へ逃げてください！」という声が聞こえてきて、あたしたちは足を止めた。

ショップ店員は本当に慌てていて、顔色も悪くなっている。

次に脱出を促す店内放送が流れ始めて、あたしたちはわけがわからないまま店外へと出されることになってしまった。

いったい何……？

とにかく二人とはぐれないようしっかり手を繋いで店を出ると、たくさんの人が駅からこちらへと逃げてくるのが見えた。

駅の入り口からは黒い煙が立ち上っている。

「何あれ。駅が爆発したの？」

美世が呟くように言うと、あたしの手を強く握りしめてきた。

逃げてくる人の中には「火事だ！」と叫んでいる人もいる。

駅の中で火事が起きて、それが原因で爆発が起こったのかもしれない。

駅は大きい道を挟んで向こう側だけど、ここにいても危険かもしれない。

「ここから逃げよう」

あたしは早口でそう言い、二人と一緒に駆け出したのだった。

結局、あたしたち三人は、なんの買い物もすることなく、家に戻ることになってしまった。

しかし買い物ができなかったことよりも、火事や爆発のほうがショックが大きくてしばらく頭の中が真っ白になった。

「ただいま」

声をかけて玄関に入り、お母さんにさっきの出来事を話すため早足でリビングへと向かう。

「おかえり。見てこのニュース。学校の近くの駅よ!!」

あたしが口を開く前に言われ、あたしは床の上にカバンを置いた。

お母さんはソファに座ってテレビ画面を食い入るように見つめている。

画面には、ついさっき巻き込まれかけた火事の様子が映し出されていた。

「これ！　あたし爆発が起こった時に目の前のビルにいたの！」

あたしは画面を指さして言った。

「冗談でしょう？」

そう聞きながら目を丸くしているお母さん。

あたしは隣に座り、放課後の出来事を説明した。

「あの時、駅に遊びに行ってたら、巻き込まれてたかも」

そう呟いたあと、ゾッと背筋が寒くなった。

間一髪でケガもなく戻ってこられたけれど、運が悪ければ死んでいたかもしれないのだ。

テレビ画面の中では救急車や消防車がせわしなく行き交い、ケガ人などを搬送している。

炎が建物の入り口から見え隠れしていて事態が悪化しているのがわかった。

そのニュースを見ながらあたしはゴクリと唾を飲み込んだのだった。

広まる

翌日、学校は昨日のニュースのことで持ちきりだった。

最寄り駅での火災だったため、その様子を見た生徒たちも多くいるらしい。

それでも、生徒の中でケガ人が一人もいなかったのは幸いだった。

「なぁ、ちょっといいか？」

美世と佑里香と三人で話をしている時、間に割って入るように声をかけてきたのはサッカー部の卓治だった。

「あれ？　練習は？」

サッカー部はまだ朝練をしている時間帯のはずだ。

けれど卓治はすでに制服に着替えている。

「今日は少し早く終わらせてきたんだ。話が聞きたくて」

そう言われてあたしは瞬きを繰り返した。

「話って、あたしに？」

そう聞くと、卓治は真剣な表情で頷いた。

一瞬〝告白〟という二文字が浮かんできたけれど、すぐに頭から打ち消した。

卓治と成仁の二人はサッカー命で、彼女に使う時間なんてないと言っていた。

それは今でも変わらなそうだ。

だとしたら、あたしになんの用事なんだろう？

「何？」

「その、昨日から言ってるアプリについて教えて欲しい」

卓治の言葉にあたしたち三人は目を見交わせた。

同じクラスにいるのだから、卓治の耳に入っていてもおかしくはない。

「いいけど……」

そう言ってから、自分のスマホを取り出すのをためらった。

昨日の浩哉のことを思い出すと、教えていいものかどうか迷ってしまう。

「誰かをイジメたりとか、しないよね？」

卓治は浩哉とは違う。

そうわかっていても、念のために質問をした。

「イジメなんてする暇があったら練習するよ」

卓治は、しかめっ面をして答えた。

そりゃそうだよね。

朝倉高校はサッカーの名門校で、上手くいけばプロからのスカウトを受けることもある。

サッカーに熱意を注いでいる卓治がイジメのためにアプリを使うことはなさそうだ。

「わかった。教えてあげる」

安堵して、あたしは言ったのだった。

沙月が登校してきたのはそれから十分後のことだった。

「おはようみんな」

そう言って笑顔を向けられると、あたしでもキュンとしてしまう。

「おはよう！　ねぇ沙月、昨日すごいものを見たんだよ！」

あたしは沙月に駆け寄り興奮気味に言った。

このアプリを教えてくれた沙月に、真っ先に教えたかったんだ。

「何？」

「昨日の駅の火事、知ってるでしょ？」

「もちろん。結構長く燃えてたってニュースでも言ってたね」

「その現場にあたしたちもいたの」

そう言うと、沙月は「本当に⁉」と、声を大きくして言った。

「本当だよ。沙月が教えてくれたアプリに遊びに行く場所を質問したら、駅前のビルって言われたの。そしたら偶然あんな大きな火事に遭遇して、びっくりしちゃった！」

自分でも少し大げさかもしれないと思いつつ、身振り手振りを交えて力説する。

「写真は？」

沙月に聞かれて、あたしは「え？」と固まってしまった。

「あれだけの火事だったんだから、写真とか動画とか撮ったんじゃないの？」

「あ、それは……」

そう言い、美世と佑里香へ視線を向ける。

誰も写真や動画を撮っていなかった。

「もしかして撮ってないの？　そういうのって撮影してSNSにアップすれば一躍有名になれるのに」

沙月は残念そうに言う。

そう言われればそうかもしれないけれど、あの時は写真や動画を撮影する暇なんてないと思った。

とにかく逃げないといけないって。

「ちょっと待ってね」

沙月はそう言うとスマホをイジりはじめた。

何かを打ち込んだあと、画面をあたしたちへ向ける。

そこには昨日の火災現場の様子を映した写真や動画が、ズラリと並んでいたのだ。

中には爆発した瞬間の動画まで投稿されている。

「こんなの撮るんだ……」

唖然として画面を見つめていると沙月はクスッと笑った。

「こんなの普通じゃん」

確かに、世の中にはたくさんの写真や動画が溢れている。

火事だけでなく事故や自殺現場の写真なども、探せばいくらでも出てくるんだから、撮影している人物が存在しているということだ。

SNS上の写真や動画は話題になればテレビなどで取り上げてもらえることもあり、有名になることも可能だった。

「でも、そんなので有名になっちゃダメだよ」

後ろから声をかけてきたのは佑里香だった。

「のんびり火事の現場を撮影なんてしてたら危ないんだしさ」

「……そうだよね？」

あの時に逃げたことは間違いじゃない。

それは理解しているけれど、有名になれるチャンスだったかもしれないと考えると、どうしても撮影しなかったことを後悔してしまう。

「これだけの写真や動画を撮ってる人がいるのに、なに言ってるの?」

沙月は呆れたように言って、自分の席へと移動してしまったのだった。


「今日のイジメ方は机に落書きだってよ!」

昼休憩中、浩哉の声が聞こえてきた。

浩哉とカノンは相変わらず想イジメで忙しいみたいだ。

チラリと視線を向けてみると、想は机にお弁当箱を出したまま固まっている。

二人が近くにいたら、お腹が減っていてもお弁当が食べられないのだろう。

「そんなことよりお腹減ったんだけど」

カノンが浩哉に文句を言ったので、二人はようやく教室から出ていってくれた。

二人が食堂派でよかった。

想もようやく自分のお弁当を開き始めている。

「今日もどこにいくか質問してみる?」

美世が口をモグモグさせながらスマホを見て言った。

「いいね。聞いてみようよ」

あたしは身を乗り出して美世のスマホを見た。

すでにアプリは起動されていて、ウサギが画面上に出てきている。

「でも、昨日みたいなことがあったら怖くない？」

そう言ったのは佑里香だった。

やっぱり、このアプリには警戒している様子だ。

「あんなのただの偶然でしょ？　火事が起きるなんて、さすがにＡＩでも予想できないって」

美世はそう言って笑った。

「爆発が起こるまでは確かに楽しかったもんね。一応、聞くだけ聞いてみようよ」

あたしは美世へ急かすように言った。

「うん。今日の放課後は、どこへ遊びに行けばいい？」

《ボクが解決してあげる！　今日は〇〇ファミレスに行くといいよ！》

その答えにあたしは目をパチクリさせた。

「〇〇ファミレスって、学校の近くのだよね？」

あたしは二人へ向けて聞く。

「そうだね。チェーン店だし、珍しくないよね」

美世は眉を寄せて答えた。

ここから近いから行きやすくていいけれど、そのぶん何度も足を運んでいるため新鮮さはなかった。

「ファミレスなら何も起こらなくてよさそう」

佑里香一人だけが安心したように言った。

「ま、いっか。放課後には小腹がすいてるだろうし、行ってみようよ」

あたしはそう言い、残りのおかずを口へ運んだのだった。


お昼を食べ終えてウトウトしながら過ごしていると、大きな足音を響かせて浩哉が教室へ戻ってきた。

せっかく心地よく船を漕いでいたのに、すっかり目が覚めてしまう。

続いてカノンも教室へ入ってきたけど、カノンはそのまま自分の机に座ってメイク道具を取り出してしまった。

浩哉はまっすぐ想の机へと向かう。

「さぁて！　お役立ちアプリの言うとおり、マジックで落書きでもするか！」

浩哉は教室に響く声で言うと、ケラケラと笑い声を上げる。

一人で本を読んでいた想は逃げるように自分の机から離れた。

「言っとくけど、これはアプリがやれって言ったんだからな？」

浩哉はそう言いながら、想の机に落書きを始めてしまった。

ここからじゃ何を落書きしているのか見えないけれど、どうせしょうもないことだろう。

それに、お役立ちアプリはあたしたちに命令なんてしていない。

ただ答えを出してくれているだけだから、従う必要なんてなかった。

それなのに浩哉は、すべてをアプリのせいにして人を傷つけているのだ。

「浩哉のＡＩ、イジメが悪いことだって学習してないのかな？」

小さな声で佑里香が聞いてきた。

「どうだろうね？　学習してたとしても、質問されたことには全部答えるようになってるとか？」

あたしも、同じように小声で返事をした。

学習能力の高いアプリだから、いいことか悪いことか、そろそろ覚えていても不思議じゃなかった。

だけど、どちらにしてもあたしは浩哉のすることに口出しをする気はなかった。

下手に動いて自分がターゲットにされるのも嫌だし、想を助ける義理もない。

ほっておけば、そのうち飽きるだろう。

そう思い、あたしは大きなアクビをしたのだった。

車

「今日はファミレスだっけ？」

放課後になり、美世が声をかけてきた。

すでに遊ぶ気満々といった様子だ。

「そうだね。つまんなかったら別の場所に行けばいいし、とりあえず行ってみようか。佑里香はどうする？」

一人、少し離れた場所にいる佑里香へ向けて聞いた。

「二人が行くなら、あたしも行こうかな」

アプリへの不信感はあっても、遊びには行きたいみたいだ。

といっても、今日の行き先はファミレスだ。

歩きながらの話題も自然と何を食べるか、というものになっていた。

晩ご飯は家で食べるから、みんな甘いものになりそうだ。

ファミレスの中はまだお客さんも少なくて、あたしたち三人は窓際の席に座ることにした。

「あれ、こんなデザートあったっけ？」

メニューを見ていた佑里香が苺のタルトを指さして言った。

「見たことないよね？　期間限定とか？」

美世もそう言うのでよく見てみると、今日からの新商品だということがわかった。

「やった！　あたし苺もタルトも大好きなんだよね！」

見た目もとてもかわいくて、それだけで気分が高まってくる。

「もしかして、アプリはこういうの知っててファミレスをお勧めしてきたのかな？」

注文後、美世がふと思いついたように言った。

「まさか。そんな情報どこで仕入れるの？」

あたしが言うと、「たとえば、ネットからの最新情報を入手してるとかさ。あとはあたしたちの位置情報を確認して、楽しそうな場所を選んでるとかじゃない？」と、美世が答えた。

「それなら納得だね。昨日も新しいショップに行くように言ってきたし」

「女子高生は流行ものが好きだろって言われてる気分」

あたしの言葉に美世はそう言って苦笑いを浮かべた。

でも、実際にアプリに教えてもらった場所は楽しいのだから、それでよしとしよう。

三人分のタルトが運ばれてきて、さっそくフォークを持つ。

「いただきまぁす」

ひと口食べると甘酸っぱさが口いっぱいに広がって、自然と笑顔になっていた。

「おいしーい！」

美世も満足そうにそう声を上げる。

小食でやせ形の佑里香だけ、小さな口でちょっとずつ食べている。

「佑里香はどう？」

「うん、おいしい！　でも、これを食べたら晩ご飯が食べられなくなりそう」

そう言う佑里香に思わず笑ってしまった。

タルトと言ってもワンホールあるわけじゃないし、このくらいでお腹いっぱいにはならない。

「太らないのって、やっぱり羨ましいって思っちゃうなぁ」

タルトを食べながら美世は佑里香を見る。

「全然よくないよ。胸もお尻もペッタンコなんだから」

佑里香は自分の体を見下ろしてため息を吐いている。

確かに、全体的にもう少し太ってもいいかもしれない。

でも、たくさん食べられないのに無理をして食べるのだって、体に悪そうだ。

「それ、スレンダーって言うんだよ。佑里香が着ると服も映えるじゃん」

あたしはそう言ってほほ笑んだ。

凹凸が少ない分、着物だって似合うだろう。

「そうかなぁ？」

それでも自信なさそうに首をかしげる佑里香。

その瞬間だった。

ファミレスの奥の席に座っていた二人の女性が悲鳴を上げて逃げ出したのだ。

一瞬、何が起こっているのか理解できなかった。

反応に遅れた一秒後、彼女たちが座っていた場所に一台の車が突っ込んできたのだ。

ガラスは割れ、イスとテーブルをなぎ倒し、ファミレスの中央付近まで来て車はようやく停車した。

耳をつんざくような騒音と白っぽいホコリで、聴覚も視界も奪われた。

「きゃあぁ！」

誰かの悲鳴でハッと我に返り、あたしたちは席を立っていた。

車はすでに止まっているが三人で店の入り口へと走る。

早く逃げないと！

そう思った瞬間、沙月の言葉を思い出していた。

事故や事件の動画撮影をして投稿すれば有名になれる。

その言葉が何度も脳裏で繰り返された。

あたしの足は自然と遅くなり、振り向いて周囲の様子を確認していた。

逃げる人もいればその場に残ってスマホを取り出す人もいる。

沙月が言っていたとおり、動画や写真を撮影する人はいくらでもいて、珍しいことじゃなかった。

「待って」

あたしは前を走る二人へ向けて声をかけた。

美世が驚いた表情でこちらを振り向く。

「撮影しなきゃ」

あたしはポケットからスマホを取り出した。

こんな機会、もう二度と来ないだろう。

それなら一度くらい撮影しても罰は当たらないはずだ。

「なに言ってんの？　早く逃げないと！」

佑里香が青ざめた顔で叫ぶ。

「二人は先に逃げてて」

あたしは二人に声をかけると、今の光景を動画撮影し始めたのだった。

救急車とパトカーのサイレンが聞こえてきても、あたしはずっと動画撮影を続けていた。

幸い自分にケガはなかったし、この動画が何かの証拠になってくれる時だってあると思う。

ほんの少しの罪悪感を、そんなふうに言い訳をすることでやりすごしていた。

「すごいところを目撃しちゃったね」

あたしがファミレスから出たのは、運転していた女性が救急隊員によって運ばれたあとだった。

「もう少しで死んでたかもしれないのに」

佑里香が呆れた声であたしへ向けて言った。

まだ、あたしが動画撮影をしていたことを怒っているみたいだ。

「死ななかったんだからいいじゃん」

それに、嫌なら先に帰っていてもよかったのに。

内心そう思いながらスマホをつつく。

少し長い動画だけれど、自分のSNSに投稿することはできそうだ。

これであたしも有名人になっちゃったりして。

鼻歌気分で、あたしは動画を投稿したのだった。

第二章

アプリのせい?

家に帰るまでに、あたしが投稿した動画へのリツイートの数は千を超えていた。

〝いいね〟の数は千五百を超えている。

ここまで誰かに反応をしてもらったことは初めてなので、信じられない気持ちでスマホ画面を見つめる。

「そんなにスマホを眺めて、どうしたの?」

キッチンに立つお母さんに聞かれたので、あたしはスマホ画面を見せた。

そこにはさっき撮影した動画が映し出されている。

「何これ? 事故があったの?」

料理の手を止めて驚いた声で聞いてくるお母さんに、あたしはさっきの出来事を話して聞かせた。

「ちょっと、昨日は駅前の火事だったじゃない! 大丈夫なの?」

さすがに二日続けてとなると、お母さんの心配も強まるみたいで眉を寄せている。

「大丈夫だよ。こうして撮影する余裕があったんだから」

本当は、爆発を聞いた時も車が突っ込んできた時も、心臓が飛び出るほど驚いた。

でも、今は動画への反響のほうが気になっている。

「本当に気をつけなさいよ。しばらくはまっすぐ帰ってきなさい」

「えぇ⁉」

お母さんの言葉に思わず声を上げてしまった。

あたし自身が何か悪いことをしたわけじゃないのに、放課後遊びに行くことが禁止されるなんて心外だった。

「だって、危ないじゃないの」

「それはそうだけど、昨日も今日もただの偶然だから大丈夫だよ」

あたしはそう言い、逃げるように自室へと向かったのだった。

これから先も、こういう事故を目撃することでフォロワー数が増えていくかもしれない。

そう思うとどこかワクワクした気分になっている自分がいた。

「ダメダメ。火事の時には死人も出たんだから。不謹慎だよね」

自分にそう言い聞かせて机に座り、宿題を開く。

しかし、いくら問題に目を通してみても集中することはできなかった。

つい一時間くらい前にあんな事故を目撃したばかりなのだから、当たり前のことだった。
《麗衣：二人とも、何してる？》
ついスマホを取り出して、美世と佑里香とあたしの三人で作ったグループメッセージに書き込んでしまう。
暇な時にやってしまう癖だった。
《美世：宿題してるよ。難しい》
絵文字つきで美世がすぐに返事をくれた。
《麗衣：あたしも宿題してる。でも全然頭に入ってこない》
《美世：頭に入ってきても答えがわからない》
その答えにあたしは笑ってしまった。
本当はこんなことをしている暇はないのだけれど、いつもどおりのやりとりをしているとだんだん気持ちが落ちついてくる。
そうだ。
あれからSNSはどうなったかな？
もっと、いいねやリツイートの数が増えているかもしれない。
そう思ってSNSを確認をしてみると、両方とも一万を超えているのがわかって目を見開いた。

「嘘……」

たった一人の女子高生の投稿に、ここまでの人が反応してくれるなんて思っていなかった。

フォロワー数も当初の五人からグンと増えて、今は三〇〇人を超える勢いだ。

こんなに短期間でこれだけの反応があるんだ……。

うれしい半面、少し怖くなった。

この三〇〇人はいい人ばかりではなく、投稿者を傷つけるような人もいるだろう。

相手の顔が見えない恐怖心が、少しだけ胸の奥に生まれた。

そう考えていると、SNSのダイレクトメールにメッセージが届いたというお知らせがきた。

あたしはSNS上で顔写真を載せたり年齢の記載などをしていないから、こうしてダイレクトメールが届くのは珍しいことだった。

誰からだろう？

そんな疑問を抱きながら確認してみると、それは全国で放送されているテレビ局からのメッセージだったのだ。

《こちら〇〇局のテレビニュース番組担当の江藤《えとう》と申します。よろしければあなたが

撮影された動画を使用させていただきたいのですが、いかがですか？》

そのメッセージの下にはテレビ局の名前や住所、電話番号が記載されている。

「テレビ局⁉」

あたしはメッセージを何度も読み直して、呟いた。

誰かのイタズラだろうか？

それにしては、住所や電話番号の記載までされていて凝っている気がする。

あたしは返事をする前にテレビ局名と、江藤という名字で検索することにした。

画面上に出てきたのは本物のテレビ局と、その局に勤務している江藤という男性の顔写真だった。

それを確認したあたしは、急いで自室を出てリビングへと向かった。

夕飯の下ごしらえを終えたお母さんがソファでくつろいでいる。

「お母さん、これ見て！」

興奮気味に言ってスマホ画面を見せるあたし。

「何これ。テレビ局？」

お母さんは顔をしかめてスマホ画面を見ている。

「さっき調べたんだけど、テレビ局の住所も電話番号も一致してて、江藤って人の顔写真も出てきたの！　これ、本物だと思う！」

「そうなの？　麗衣が撮影した動画を使うだけ？　本当に大丈夫？」

さすがに突然のダイレクトメールなので、お母さんも警戒しているようだ。

お母さんが警戒するのもわかる。

あたしも、これだけで判断していいものかどうか悩みどころではあった。

でも、これがもし本当なら、あたしのフォロワーはさらに跳ね上がることだろう。

そう思うと、期待する気持ちのほうが上回った。

「ねぇ、連絡取るくらいいいよね？」

「そうねぇ……。でも、向こうがこっちの連絡先を聞いてきたり、お金の話になったらすぐにやめるのよ？」

「わかってる！」

あたしはそう返事をして、さっそく返信をしたのだった。

《はじめまして、伏見《ふしみ》麗衣といいます。動画使用の件ですが、どうぞ使ってください！》

テレビ局の人相手にどう返信すればいいかわからず、あたしはたどたどしい文章を打ち込んで送信した。

向こうは社会人だからこんな文章じゃ笑われてしまうかもしれないけど、こればかりは仕方ない。
《伏見さま、さっそくのご返答、ご快諾をありがとうございます！　つきましては下記の日程にて放送をさせていただきたいと存じ上げます》
文章の下には今日の夕方のニュース番組と、放送時間が記載されていた。
たった数時間のうちにこうして番組内で放送されるなんて、なんだか夢みたいだ。

「そろそろ始まるよ！」

いつもより少し早い時間に夕食を食べ終えたあたしたち家族は、三人そろってテレビの前に座っていた。

そろそろ予定のニュース番組が始まる。

録画の準備だってバッチリだった。

それと同時にあたしはスマホを起動し、番組を録画する予定だった。

こうしておけば、いつでもどこでも誰かに見せてあげることができる。

そうこうしている間にニュース番組が始まり、見慣れた男性リポーターの顔が画面上に映る。

《本日〇時ごろ、こちらのファミリーレストランに一台の車が突っ込んでいきました》

レポーターは深刻な表情で説明しながら、昼間あたしたちのいたファミレスを紹介する。

ファミレスの壁は崩れてブルーシートが被せられ、周囲には警察官の姿がある。

続いて視聴者からの投稿としてあたしの撮影した動画が流れ始めたのだ。

「すごい！　本当に使われてる！」

あたしは興奮して画面を食い入るように見つめた。

ずいぶんと手ぶれしていて見づらいけれど、それが現場の臨場感を引き立たせている気がする。

「確かにすごいけど、もう危ないことはしないのよ？」

そんなお母さんの声は耳に入らなかったのだった。

そして、ニュースが放送されたあとのSNS上では、あたしの動画にたくさんのコメントがつき始めていた。

そのどれもが、あたしを心配してくれる内容や車の運転手への罵倒などで埋まっている。

「ふふふっ」

お風呂から上がり、ベッドに仰向けで寝転んでスマホをイジっていると、自然と笑みがこぼれてきた。

今、あたしのフォロワーは七〇〇人になっている。

こんなにたくさんの人があたしに興味を持ってくれていることがうれしかった。

まるでアイドルにでもなったような気分だ。

明日の朝には、きっともっとたくさんの人があたしのフォロワーになってくれているることだろう。

あたしは鼻歌まじりに電気を消して眠りについたのだった。

《美世：昨日のニュース見たよ！　あの動画が使われるなんてすごいじゃん！》

朝起きると美世からそんなメッセージが届いていて、あたしの頰は緩んだ。

美世や佑里香に伝えるのを忘れていたけれど、ちゃんと見てくれていたみたいだ。

他のクラスメートたちからもメッセージが届いていて、どれもＳＮＳの動画に関するものばかりだった。

みんな、あんな動画を撮るなんてすごい！などと賞賛してくれている。

あたしはみんなからのメッセージをひととおり確認したあと、ＳＮＳに接続をした。

思ったとおりあれからもフォロワーは増え続けていたようで、今では千人を超えていた。

その数字に、ガッツポーズを作る。

やった！

ついにフォロワー千人超えだ！

一般の女子高生がフォロワーを千人以上つけるなんて、なかなか難しいことだった。

SNS上で人気になれるのは、ほんのひと握りの子だけ。

それも、とびきりの特技を持っていたりしないとダメなのだ。

《佑里香：ねぇ、もしかしてあのアプリのせいなのかな？》

そんなメッセージが届いて、あたしは動きを止めた。

《麗衣：何が？》

《佑里香：あたしたちが、危険な目に遭うの》

は……？

あたしは佑里香のメッセージに瞬きを繰り返した。

《佑里香：麗衣はあのアプリになんて質問したの？　もしかして、SNSで有名になる方法を質問したんじゃない？　だから、危険な目に遭うんじゃないのかな？》

続けて送られてきた佑里香のメッセージは不安に溢れていた。

二日連続で火災と事故を目の当たりにしたのだから、そうなっても不思議じゃない。

でも、盛り上がった気分は一瞬でしぼんでしまった。

《麗衣：そんなこと、質問するわけないじゃん》
《美世：そうだよね。佑里香は心配しすぎなんだよ》
そう返信してから、画面上の時計に視線を向けた。
まずい、もう着替えて出かけないと遅刻してしまう。
あたしは慌ててベッドから下りたのだった。

偶然

学校へ到着すると、すぐに数人のクラスメートたちに囲まれてしまった。

話題はもちろんニュースで使われた動画のことだった。

あたしは自分の席に座り、昨日の出来事を揚々と話して聞かせた。

「あ、美世と佑里香も来た！　二人とも昨日は麗衣と一緒にいたんだよね？」

そんな声が聞こえてきて前方のドアへと視線を向けると、二人が教室へ入ってきたところだった。

「もう、すっごく怖かったんだよ！　でも麗衣は一人で店内に残って動画を撮影してたの」

美世がうれしそうに話題に加わってくる。

「麗衣すごいね！」

「えへへ。そんなことないよ」

照れ笑いを浮かべて答えるあたし。

でも、内心悪い気はしなかった。

怖い中で動画撮影をしたのは本当のことだし、褒められるのは当然だと思えた。

「やったじゃん。有名人」

後ろから声をかけられて振り向くと、そこには沙月が立っていた。

「沙月！」

「おはよう麗衣。昨日も、すごいものに遭遇しちゃったんだね」

「そうなんだよね。佑里香は『あのアプリのせいじゃないか』って心配してるんだけどね」

「アプリのせい？　どうして？」

首をかしげて尋ねてくる沙月に、遊び場所をアプリに教えてもらったことを伝えた。

「そんなのただの偶然だってば」

すると、沙月は笑い出してしまった。

「そうだよね。アプリは事故が起こるかどうかまで予測できるわけないよね」

「そうだよ？　それに、あのアプリを使っているのは麗衣たちだけじゃないもん。あたしも、他のクラスメートだって使ってる。だけど事故現場に居合わせたことなんて一度もないよ」

沙月に笑いながら言われると、なんだかホッとする。

あたしたちより先にアプリを使っている沙月が偶然だと言うなら、それが正しいと思えた。

それから昨日の出来事について話をしていると、想が教室へと入ってきた。

いつもはもっと遅い時間に登校してきているから珍しい。

すると想は、まっすぐあたしへ向かって歩いてきたのだ。

もしかして想も昨日のニュース番組を見たんだろうか？

「あのさ、俺にも教えてほしいんだけど」

なんの前置きもなく声をかけてくる想に、あたしは瞬きをした。

「教えてほしいって、何を？」

「アプリに決まってんだろ！」

途端に声を荒らげる想に、あたしはビクリとして目を見開いた。

まわりにいた子たちも驚いて想から身を離している。

「あ、カノンたちが使ってるアプリのこと？」

「それしかないだろ。あれを使い始めてからあいつら……」

そこまで言って言葉を切り、親指の爪をガリッと噛んだ。

相当ストレスや怨みが溜まっていそうだ。

さっきだって突然怒鳴ってきたし、大人しい想がキレるとどうなるかわからない。

そう考えたあたしはひきつった笑みを浮かべた。

「もちろん、教えるよ」

あたしはそう言い、自分のスマホを取り出したのだった。

想はアプリをダウンロードするとすぐに「イジメがなくなる方法」を相談していた。

「もっと早くに教えてあげればよかったかな」

必死の形相でスマホに話しかける想を見ていたらそんな気分になってくる。

あたしたちよりも、弱者にこそ必要なアプリだったかもしれない。

「そうかもね。でも、これで想がイジメられなくなるならいいじゃん」

答えたのは美世だった。

「うん」

そう返事をしたものの、あたしはアプリがどんなふうに回答するのか心配だった。

小テストの時のように的確に教えてくれればいいけれど、もしも学校を休むとか反撃するとか、想には無理な内容だったらどうするんだろう？

それでも、想は実行するんだろうか？

そんなことを考えていると、カノンと浩哉の二人が登校してきた。

二人が教室に入ってくると、なんだかあたしまで緊張してしまう。

みんなと会話しながらも、あたしの視線は教室の後方へと向けられた。

想はいつもどおり自分の席に座って本を広げている。

そこへ大股で近づいていく浩哉はすでに何かを企んでいるようで、顔に歪んだ笑顔が張りついている。

「よぉ〜想！」

浩哉は大きな声で呼んで想の肩に肘を載せる。

「今度はお前から金銭をせびろって言われたんだけど、どうするお前？」

教室へ入ってくる前にアプリに質問してきたのかもしれない。

あるいは、アプリなんて使っていないのにアプリのせいにして想にたかっているのかも。

「お金なんてないよ」

想の消え入りそうな声はいつもどおりで、あたしは思わず落胆してしまう。

さっきアプリに質問していたのに、簡単には上手くいかないのだろう。

今までイジメられていたのだから、突然相手に立てつくなんてあたしでも無理かも。

「嘘つけよ、ちょっとくらい持ってんじゃねぇのかよ」

浩哉は執拗に想へ絡んでいる。

べったりと体を密着させて耳元で金を出せと脅しているのだ。

見るに堪えない。

そう思って視線をそらした時だった。

「痛い！　何するんだよ！」

と、想の叫び声が聞こえてきたのだ。

驚いて視線を向けると、想が床に転げ回って叫んでいる。

浩哉はその場に立ち尽くし「ち、違う。何もしてない」と、クラスメートに弁解していた。

「腕が……折れたかもしれない！」

「う、嘘だろ。ちょっと叩いただけじゃないかよ……」

しかし、想はのたうちまわることをやめなかった。

痛い痛いと連呼して右腕を押さえている。

「ちょっと浩哉、何したの？」

カノンは心配してかけつけるが、その顔は青ざめている。

「何もしてねぇって！」

「何もしてないわけないじゃん!?　こんなに痛がってるんだから！」

「お、俺じゃない！」

浩哉は叫ぶように言うと青い顔をして教室を出ていってしまった。

「ちょっと、浩哉！」

カノンは慌ててそのあとを追いかける。

二人がいなくなった教室内は静けさに包まれていた。

想は起き上がろうとしないし、さすがに声をかけたほうがいいかもしれない。

しかし……。

「あはははは‼」

床に寝転がったままの想が突然声を上げて笑い出したのだ。

「みんな見たか、今の浩哉の顔！　傑作だったよなぁ！」

そう言って今まで聞いたことのないくらい、大きな笑い声を上げる。

「想、腕は……？」

おそるおそる声をかけてみると、想はようやく笑うのをやめて立ち上がった。

「腕？　ちょっと叩かれただけだから、どうってことないよ」

そして、押さえていた右腕をグルグルと回して見せた。

あたしは、それを見てひとまずはホッと安堵の息を吐き出した。

どうやら、想の迫真の演技を見せられていただけのようだ。

「どうしてそんなことを？」

質問したのは佑里香だった。

すると想はスマホを取り出して、画面上にいるウサギをあたしたちに見せてきた。

「こいつが、大げさに痛がってのたうち回れって教えてくれたんだ」

なるほど。

それなら想でもできそうなことだ。

「さすがお役立ちアプリだなぁ」

感心した声で言ったのはサッカー部の卓治だった。

卓治もアプリはダウンロードしている。

「俺も練習方法をアプリに質問してから、シュートの回数が増えたんだ」

サッカーボールを蹴る素振りを見せながら自慢げに言う卓治。

「それってすごいじゃん。もしかしてプロ行けるんじゃない?」

あたしは目を輝かせて卓治に声をかける。

卓治と成仁の二人がプロ入りできたら、この学校の一大ニュースになることだろう。

「あぁ。俺は絶対に成仁には負けない。あいつより先にプロになってやる」

卓治は何かを決意したような目で、言ったのだった。

もう一度

今朝の想の出来事がキッカケで、アプリをダウンロードするクラスメートが増えていた。

「ねぇ昌一、アプリをダウンロードしないの？」

昼休憩に入ってすぐ、あたしはもう一度、昌一に声をかけた。

一度断られているけれど、みんながダウンロードしているのだから、興味くらい持っているだろう。

「俺はいいよ。別に悩みとかないし」

カバンからお弁当箱を取り出しながら、昌一は言った。

「今はなくても、これから悩みくらい出てくるでしょ？」

「たとえば？」

「休日にお昼ご飯何食べようかなぁとか？」

あたしの言葉に昌一はプッと噴き出して笑った。

「そんなの自分で考えるし、悩みができたらアプリより人間に相談するほうがいい」

昌一の言っていることは、もっともだった。

でも、同じアプリを利用して共感してほしい気持ちがあったんだ。

「麗衣も、あまりアプリに頼りすぎるなよ？　自分で判断できなくなるぞ」

「何それ。そこまでなるわけないじゃん」

あたしはそう言って笑ったのだった。


「お弁当がないなんて珍しいね？」

購買までやってきたあたしに佑里香が言った。

今日はお母さんが忙しくて、お弁当がないのだ。

代わりに五〇〇円玉を渡されてきた。

「そうなんだよね。でも、こういう時じゃないとコロッケパンも買えないからね」

あたしは、ワクワクした気分で列に並ぶ。

お弁当がないときのあたしは決まってコロッケパンを買うようにしている。

揚げたてのコロッケがジューシーですごくおいしいから、朝から楽しみにしていたんだ。

それなのに。

「コロッケパン売り切れだよー！」

列に並んでいる最中、購買のおばちゃんの声が聞こえてきたのだ。

「えぇ、嘘⁉」

今日は絶対にコロッケパンが食べられると思っていたのに、順番が回ってくる前に売り切れるなんて思っていなかった。

「残念。だけど、他のお惣菜パンは残ってるんじゃない？」

美世に言われても、他のパンを食べたいとは思えなかった。

だってあたしの舌もお腹も、もうコロッケパンを受け入れる体勢に入っていたというのに……。

そうこうしている間にあたしの番になってしまった。

どうしよう、早く注文しなきゃいけないのに決まらない。

何が食べたいのか途端にわからなくなってしまった。

「ちょっと、早くしてよ」

あたしの後ろから三年生の先輩が声をかけてくる。

「ご、ごめんなさい」

そう答えたところで、さっきの昌一との会話を思い出した。

『今はなくても、これから悩みくらい出てくるでしょ？』

『たとえば？』

『休日にお昼ご飯は何を食べようかなぁとか?』
そうだ、困った時にはアプリに頼ればいいんだ。
あたしはすぐにスマホを取り出してアプリを起動させた。
「購買のパンはどれがおすすめ?」
《ボクが解決してあげる! 焼きそばパンがおすすめだよ!》
焼きそばパンか。
まだ食べたことのないパンだけど、アプリが言うのならおいしいのだろう。
あたしはそう思い、焼きそばパンを購入したのだった。

教室へ戻って焼きそばパンにかぶりつくと、それはまだ温かくて口の中いっぱいにうまみが広がった。

「う~ん、おいしい!」

甘い味のソースは市販のものではなさそうだし、意外と凝っているのかもしれない。

「あたしにもひと口ちょうだい!」

あたしがあまりにもおいしそうな顔で食べていたからか、佑里香が言ってきた。

「どう?」

「すんごいおいしい! あたしも今度買ってみなきゃ」

焼きそばパンをひと口頬張り、佑里香は言う。

「さっき聞いたけど、焼きそばパンって購買の新商品だったみたいだよ」

お弁当のご飯を口に運びながら美世が言う。

「そうなんだ?」

「うん。これだけおいしいんだから今度からは取り合いになるかもね」

佑里香の言葉にあたしは頷いた。

今はまだ浸透していないから売れ残っていただけなのかもしれない。

だとしたら本当にラッキーだった。

満足して焼きそばパンを頬張っていると、佑里香のスマホにメッセージを知らせるバイブが鳴った。

「あ、忘れてた」

メッセージを確認して呟く佑里香。

「何を?」

あたしは尋ねる。

「今日の夜お母さんがいないから、あたしがご飯作らないといけないんだった。テーブルにおかず用のお金を置いとくってメッセージだったよ」

「そうなんだ。佑里香は料理上手だからいいじゃん」

美世が言う。

佑里香は家庭科の授業などで率先して料理を作り、その手際もよかった。

「料理するのはいいんだけどさ、うちって弟がいるから何を作ればいいか悩むんだよね」

「そういえばそうだっけ。まだ小学生だっけ?」

あたしが質問すると、佑里香は頷いた。

年の離れた弟だから、食の好みもちょっと変わってくるのかもしれない。

「あ、それならアプリに聞いてみたら?」

あたしはパンを食べ終えて言った。

お腹がいっぱいになって、すぐに眠くなってくる。

「アプリかぁ……」

佑里香は呟くように言うとスマホを見つめる。

「佑里香はあまりアプリを使いたがらないね?」

美世が聞くと、佑里香は頷いた。

「やっぱり怖い気がして……」

弱気な声を上げる佑里香のスマホをあたしは横から奪い取った。

怖いなら、あたしが使ってあげればいいんだ。

「今日の晩ご飯の献立はどうすればいい？」

《ボクが解決してあげる！　ハンバーグにするといいよ！》

「ハンバーグだって」

あたしはスマホを佑里香に返した。

「もう、強引なんだから」

「大丈夫だって。あたしだってお昼ご飯の質問をしたけど、なぁんにも起こってないんだからさ」

「そりゃそうだけど……」

「佑里香も、ちょっとしたことならアプリを使ってもいいんじゃないかな？　そうすれば無駄に悩む時間も減るかもよ？」

美世はそう言ってほほ笑んだのだった。

今日は佑里香が早く家に帰らないといけないから、あたしと美世の二人も真っ直ぐ帰宅することにした。

「ただいま」

リビングにいるお母さんに声をかけて、すぐに自室へ向かう。

昨日は宿題がはかどらなかったけれど、今日は大丈夫そうだ。

だって、どんなことでもアプリに質問すれば答えてくれるのだから。

どれだけ集中力がなくたって、そんなことは関係ない。

「あ〜あ、昨日のうちにアプリに頼れば簡単だって気がついてれば宿題できてたのになぁ」

アプリに質問を繰り返しつつ、あたしは呟く。

苦手な数学の問題だって、ほんの十分ほどで終わってしまった。

「できた！　これさえあれば無駄な時間を過ごす必要もなくなるんだもんね。テスト勉強もしなくていいし、大学受験だって簡単！　もしかして、社会人になってからも悩むことがなくなるかも！」

そう考えるとあたしの未来は一気に明るく照らし出された気分になる。

このアプリさえあれば、あたしは死ぬまで幸せでいられる……！

一件

暇をつぶすためベッドでゴロゴロしながら、自分のSNSを確認していた。

あれからもSNSの反応は続いていてフォロワー数はとっくに二千人を超えている。

書き込まれるコメントはどれもあたしを心配したものばかりだし、見ているだけで気分がよかった。

そんな中、一件だけ気になる内容の書き込みを見つけてしまった。

《こんな動画撮ってる暇があるなら通報しろよ》

クロというハンドルネームで書き込まれたそれは、明らかにあたしを非難していた。

たった一件だけだし、クロの意見に賛同している人はいない。

無視していれば炎上もしないだろう。

そう思ったけれど、クロの書き込みのせいで気分は一気に暗くなっていく。

せっかくいい気分だったのに。

苛立ちを感じながらクロのプロフィール画面を表示してみると、毒舌ばかり言うアカウントだとわかった。

炎上すればすぐにアカウントを捨てて別のアカウントを作ってまた投稿する。

そんなことを繰り返しているようだ。

あたしは画面を見つめてチッと軽く舌打ちをした。

こんなヤツに書き込まれるなんてついてない。

そう思いながら、お役立ちアプリを起動した。

いつでもどこでも、あたしにはウサギがついている。

このウサギがいれば、アンチ野郎だって撃退できるはずだ。

「アンチコメントを書かれた時はどうすればいい？」

《ボクが解決してあげる！　田中正文《たなかまさふみ》、三十九歳独身、無職、引きこもり。住所と電話番号は……》

ウサギがよどみなく田中正文という人間のプロフィールを上げていく。

「待って、それって誰？」

《アンチコメントを書いた人間だよ！》

ウサギは飛び跳ねながら答えた。

アンチコメントを書いた人間……？

「さすがに嘘でしょ？　そんな簡単に個人を特定なんてできるわけないし」

ＳＮＳ上のプロフィール欄には名前や住所などは載せていなかった。

いくらウサギが優秀でもこんな短時間で個人を特定できるとは思えなかった。

それとも……。

ウサギには、この世界の何もかもが見通せているのだろうか？

そう考えると、背中に寒気が走った。

けれどすぐに頭を振って、そんなことはあり得ないと自分に言い聞かせた。

《この個人情報をどう使うかは、君次第だよ》

ウサギはそう言うと、画面上から消えていってしまった。

「あたし次第か……」

あたしは呟きながら再びＳＮＳに接続する。

クロの言葉に反応している人は誰もいない。

このまま埋もれていく可能性のほうが高いと思う。

でも……。

あたしはクロの過去の書き込みを追いかけてみることにした。

今までどれだけ好き勝手書いていたのか確認して、その結果次第ではウサギが教えてくれた個人情報を利用するのも有りかもしれない。

こういう人間にこそ、ネットの怖さを教えるべきなのだ。

《チカンに遭ったくらいで電車に乗れなくなるとか、マジわかんねｗ》

《お前のプロフィール写真見た。ほんと化け物みたいな顔してんな》

《社畜のみなさんお疲れさま〜！　俺はみんなのお金でのうのうと生きてまぁす！》

読めば読むほど胸糞が悪くなってくる。

引きこもりになった原因はわからないけれど、仕事もせずにSNS上で人を叩くことばかりしているみたいだ。

引きこもりや無職を脱出するために努力していればいいが、こいつにそんな様子は見られない。

《今日ババァがカウンセリングの先生とかいうやつ連れてきた。バッカじゃねぇの？　こんな自由な生活誰が手放すかよ！》

その書き込みに苛立ちは最高潮に達した。

こいつは病気なんかじゃない。

楽な生活をするために自分から進んで家の中にいるだけだ。

そう判断したあたしは、SNS上にフミというハンドルネームで別のアカウントを作成した。

フミは、自分の名字、伏見から取った。

クロの今までの書き込みを引用リツイートし、名前と住所を晒す。

一度の書き込みでは広がらないため、定期的に同じ書き込みがされるように設定を行う。

これで、クロはつるし上げられることになるだろう。

「ざまぁみろ」

あたしは満足して呟いたのだった。


翌日、目が覚めるとあたしはすぐにスマホを確認した。

昨日作成したフミのアカウントがどうなったのか見てみると、想像以上のいいねとリツイートを貰っていることがわかった。

普段からクロの書き込みに嫌気がさしていた人も多いのだろう、《クロの正体暴くとか神》《これであいつはネットから消されたな》などという書き込みが多く見られた。

あたしは口元に笑みを浮かべ、今度はクロのプロフィールページを表示させてみた。

しかし、ページはすでに削除され表示されない状態になっていた。

逃げ足だけは早いみたいだ。

でも、もう遅い。

住所も電話番号も本名もバレているのだから、田中正文で検索をしたら嫌というほど顔写真が出てくる。

あたしが知らない情報までどんどん書き込まれていて、どの情報が正しいのかわからなくなっている。

こうなると、もう終わりだ。

あることないことを書きこまれて、飽きるまで誹謗中傷を受けるのだ。

ネット上で公開処刑を行われているのと同じ状態だから、本当の引きこもりになってしまうかもしれない。


「麗衣、起きてるの？」

一階からお母さんの声が聞こえてきて、あたしは気分よく返事をした。

今日は朝から絶好調だ。

いい一日になりそうだ。


学校へ到着すると、廊下を松葉づえをついて歩く男子生徒がいた。

右足に包帯が巻かれていてその姿は痛々しい。

あれは誰だっけ？

その後ろ姿に見覚えがあると思っていると男子生徒は二年A組へと入っていった。

あたしも慌てて、そのあとを追いかける。

「どうしたの、成仁？」

クラスメートの一人が驚いた声を上げている。

松葉づえをついている生徒はサッカー部の成仁だったみたいだ。

この時間はいつも朝練をしていて校内にいないから、後ろ姿だけじゃ判断できなかった。

「練習中にケガしちゃってさ」

成仁は軽い感じで返事をしているが、その顔は青ざめている。

「マジか、もうすぐ大会じゃなかったっけ?」

成仁と仲のいい男子生徒が近づいていき、尋ねた。

「うん……」

成仁は俯いてしまった。

どのくらいのケガなのかわからないけれど、大会に影響がでるのかもしれない。

こんな時期にケガをするなんて、相当悔しいだろう
「大丈夫?」

後ろから声をかけてみると、成仁は笑顔を浮かべて「これくらい、平気だよ」と返事をした。

けれどその笑顔は無理をしているように見えた。

それから十分ほど経過して卓治が朝練から戻ってきた。

いつものメンバーで話をしていたあたしを見つけて、卓治が近づいてくる。

「聞いてくれよ。俺、次の大会に出られそうなんだ」

そして、笑顔を見せる卓治。

だけどどうしてか声が小さくて、みんなには聞こえないようにしているのがわかった。

「すごいじゃん！」

あたしが大きな声を上げると、卓治が「シーッ」と、人差し指を立てた。

「今成仁は大変な状態なんだ。あまり大きな声で言わないで」

あ、そうか。

ケガをして大会出場が危ぶまれている成仁に気を使っているのだ。

「ごめん……」

配慮が足りなかったと落ち込んだ瞬間、卓治がプッと噴き出した。

「冗談だよ。そんなこと気にしてない」

おかしそうに笑う卓治。

あたしはキョトンとして卓治を見つめた。

「あいつがケガをしたのは、これのおかげだ」

もう一度声を小さくて、卓治はスマホを取り出して見せた。

画面にはウサギが写っている。

「え？」

あたしは首をかしげて卓治を見た。

「こいつが助言してくれたんだよ。練習後に成仁を外へ連れ出せって。そうすれば俺が次の大会に出場できるって言ってきたんだ」

「何それ、どういう意味？」

美世も首をかしげている。

成仁を外へ連れ出しただけで卓治が次の大会へ出られるなんて、意味がわからなかった。

「俺も最初は意味がわからなかったよ。でも、とにかく俺はこいつが言うとおり成仁を外へ連れ出したんだ。ファミレスへ行こうって誘ってさ。そしたら、前から走ってきた自転車が成仁に突っ込んできたんだ」

そこまで言うと、口元を緩める卓治。

「嘘……」

「本当だ。自転車を運転してたヤツはスマホをイジっていて、しかもイヤホンをつけてた。目の前に歩行者がいることにも気がつずに、スピードも緩めてなかった」

卓治は早口に説明して、成仁へ視線を向けた。

成仁はクラスメートといつもどおり会話をしているけれど、その表情はやっぱり暗かった。

「そんなのダメだよ」

そう言ったのは佑里香だった。

佑里香は卓治の話を聞いている間にだんだん顔色が悪くなってきていた。

「そんな使い方したら、ダメ」

「そう言われても、俺だってこんなことになるなんて知らなかった」

卓治は仏頂面を浮かべた。

「アプリには、なんて質問をしたの」

美世が卓治へ聞いた。

「次の大会に出る方法は？　そう聞いたんだ」

その結果、こんなことになってしまったようだ。

卓治の実力では成仁に勝つことができないから、アプリは事故を起こすように誘導したのかもしれない。

「なんにしても、そんなの偶然だよ」

話に入ってきたのは沙月だった。

いつの間にかあたしたちの近くに立っていて、今の会話を聞いていたみたいだ。

「沙月……」

卓治が呟いて顔を赤くしている。

「外へ出たからって事故に遭うなんて誰も思わないでしょ」

沙月は卓治の味方みたいだ。

「そうかもしれないけどさ……」

佑里香は納得できない表情のまま、黙り込んでしまった。

アプリと事故の因果関係は誰にもわからない。

怪しいとか怖いとか思うだけで、何もできない。

「そういえば佑里香は昨日どうだったの？」

話題を変えるため、あたしは佑里香に尋ねる。

「昨日？」

「ほら、弟のために晩ご飯を作ったんでしょ？」

次の瞬間、佑里香の表情がパッと明るくなった。

「うん！　ハンバーグを作ったらすごく喜ばれたよ」

うれしそうな笑顔を浮かべる佑里香。

「よかったじゃん！　確か、ウサギが言ってたのもハンバーグだったよね？」

「うん、そうだったね……」

あたしの言葉に佑里香は複雑な表情になってしまった。

アプリを怖いと感じながらも、自分も頼ってしまったことを気にしているのかもしれない。

「へぇ、よかったね。弟、喜んでくれたんだ」

沙月の言葉に「うん」と、佑里香は頷く。

「やっぱりさ、このアプリは使い方を間違えなければ人生うまくいくようにできてるんだね」

美世がそう言うので、あたしは大きく頷いた。

「あたしもそう思う」

昨日はクロの個人情報を流してしまったけれど、それはクロが人を叩くことばかりしていたからだ。

個人情報を流出させられたことでクロ自身が大人しくなるなら、それはそれでいいことだった。

クロの被害者が減ることになるんだから。

そう考えると、あたしはいいことをした気分にすらなったのだった。

浸透する

浩哉とカノンが登校してくると、相変わらず想イジメが始まった。

けれど今までとはどこか違うのは、想が反撃し始めているというところだった。

「昨日は大げさにのたうちまわりやがって！　驚かすんじゃねぇよ！」

浩哉が怒鳴りながら想の机を蹴ると、想はすぐに床に倒れ込んで悲鳴を上げる。

その悲鳴があまりに大きな声だから、隣のB組の生徒が心配してかけつけるくらいなのだ。

ちょっといじるだけでそんなふうに大げさに叫ぶものだから、浩哉とカノンはうかつに手出しをできなくなっていた。

想は勝ち誇った笑顔を二人へ向けて、悠々と読書を始めている。

クラスからイジメがなくなることはうれしかったけれど、想のやり方はまわりを巻き込んでしまっている。

いいのか、悪いのか複雑な気持ちになった。

「あれもアプリからの助言なんだろうね」

休憩時間中、美世が何気なく言う。

想の悲鳴のことを言っているのだとすぐに理解できた。

「たぶんね。今までの想はあんなことしなかったもん」

「だよね。でもあれはやりすぎだと思わない？　B組の子もビックリしてたじゃん」

確かにそのとおりだと思う。

けれど、それ以外にアプリからの助言がないのなら仕方がない気もする。

もともと想は反撃できるようなタイプでもないし、それがここまで成長しているのだからやっぱりすごいことだと感じられた。

「なんか、あっちもすごいね」

そして、佑里香が驚きの声を上げる。

佑里香の視線の先を追いかけてみると、沙月が席に座っていてそのまわりを男子生徒が取り囲むような状況が出来上がっていた。

「何あれ。今までみんな沙月を遠くから見てるだけだったのに」

あたしが驚いて言うと、佑里香が「みんなアプリを使ってるからだよ」と、言った。

「そうそう。アプリで沙月へのアピール方法を質問してるんだよね」

美世が笑った。

「だからあれだけ群がってるんだ……」

アプリに質問したことを実行していれば、いつか沙月が振り向いてくれるかもしれない。

男子生徒たちはそう期待しているようだ。

「気持ちはわかるけどね。沙月みたいな美人が相手だとどう接していいかわからないじゃん？　それをアプリが解決してくれるんだから、みんな頼っちゃうよね」

そう言ったのは意外に佑里香だった。

モジモジしながらも、アプリを肯定する言葉を並べている。

「どうしたの佑里香。何か心境の変化でもあった？」

瞬きをしながら聞くと、「弟が、喜んでくれたから」と、小さな声で言った。

佑里香にとって年の離れた弟は本当にかわいくて仕方ないみたいだ。

「じつはね。『明日もお姉ちゃんのご飯が食べたい』って言ってくれてるの。だから、今日は何を作ろうかなって悩んでて、それで……」

「アプリを使ってみたの？」

美世が佑里香へ聞いた。

「うん。今日はオムライスにしたらいいって言われた」

すると、うれしそうにほほ笑む佑里香。

自分は小食なのに、弟の笑顔のために頑張ることがうれしいのかもしれない。

ふと教室内を見回してみると、あちこちでスマホを取り出している生徒がいる。みんなスマホへ向けて他愛のない質問を繰り返し、その返事がもらえるのを待っているようにも見えた。

「あっという間にアプリが浸透しちゃったね」

あたしは呟く。

最初は、このアプリが広まると全員がテストで満点を取ってしまうと懸念していたけれど、みんな悩みは一つじゃないとわかってきた。

アプリの使い方は人それぞれだから、それほど心配する必要はなさそうだ。

「そうだ、あたし今靴が欲しいんだよねぇ」

思い出したように美世が言った。

「いいね。買い物に行く?」

「その前に、どんな靴が似合うか教えてもらわないとね」

美世はそう言ってスマホを取り出し、アプリを起動した。

すぐにいつものウサギが姿を見せる。

「そっか。買い物に行く前に商品が決まれば時間がかからなくていいんだね」

あたしは感心して言った。

これからは先にウサギに質問をしてから出かけるのが正解かもしれない。

「新しい靴が欲しいんだけど、どんなのが似合うと思う？」

《ボクが解決してあげる！　ブルーのミュールなんてどうかな？》

ウサギがそう言うと、何種類かのミュールの写真が表示された。

ネット上で勝手に検索してくれたようだ。

「夏っぽくてこれからの時期にはちょうどいいね。ブルーとか美世に似合いそう」

画面を見ながらそう言った時だった。

不意に美世が立ち上がり、教室から駆け出したのだ。

「ちょっと美世⁉」

いったいどうしたんだろう？

顔色が悪いように見えたけれど……。

「行ってみよう」

あたしは佑里香とともに美世のあとを追いかけたのだった。

美世が走っていった先は女子トイレだった。

個室に入り、中からは苦しそうな声が聞こえてくる。

吐いている様子だ。

「美世、大丈夫？」

外から声をかけてみても返事がない。

「どうしたんだろう。今日は体調が悪かったのかな」

佑里香が不安そうな声で言った。

そんなふうには見えなかったのにな……。

とにかく、このままほっとくわけにはいかない。

中から返事がないのも心配だし、誰か呼んでこなきゃ。

「美世、保健の先生呼んでくるからね?」

あたしはそう言い、すぐに保健室へと向かったのだった。


結局、美世が嘔吐した原因はよくわからないままだった。

トイレから出てきた美世が言うにはスマホを見ていたら急に気分が悪くなったということだった。

スマホでもパソコンでも、画面の見すぎは体に悪いことは周知だ。

「美世、大丈夫?」

早退することになった美世を教室の外まで見送って、あたしは聞いた。

「うん。ちょっと気分が悪くなっただけだから大丈夫だよ」

美世は青い顔のまま言い、帰っていったのだった。

今日は美世は早退してしまうし、佑里香も弟の晩ご飯の準備がある。

放課後にあたし一人で遊びに行くのもつまらないと思い、真っ直ぐ家へと向かっていた。

しかしその途中で、スマホが鳴り始めてあたしは歩道の脇に避けて立ち止まった。

確認してみると、お母さんからの電話だ。

「もしもし?」

『麗衣?　今どこ?』

「帰ってる途中だよ」

『ちょうどよかった。牛乳が切れたから買ってきてくれない?』

その言葉に一瞬めんどくささを感じてしまう。

でも、たまには一人で買い物をするのも気分転換になって悪くないかもしれない。

「わかった」

あたしはそう言い、電話を切った。

家につくまでにコンビニが一軒と小さなスーパーが一軒ある。

どっちに行こうかな。

そう考えたとき、不意にお役立ちアプリの存在が蘇ってきた。

困ったときは、なんでも聞けばいい。

でも、牛乳を買うくらいのことで相談する必要ある？

コンビニでもスーパーでも、どっちでもいい。

取り扱いの牛乳は違うかもしれないけれど、お母さんはメーカーの指示まではしてこなかった。

なんでもいいのだろう。

頭では理解しているのに、あたしの指は自然とアプリを起動していた。

質問をする必要なんてないとわかっているのに、アプリに頼りたいという気持ちが湧き上がってくる。

画面上にウサギが現れると心が落ちつく感じがする。

「どこで牛乳を買えばいいと思う？」

《ボクが解決してあげる！　○×マートがいいよ！》

それはここから三キロほど離れた場所にあるスーパーの名前だった。

そこへ行くには家を通りすぎてしまわないといけない。

「どうしてわざわざそんなに遠くへ行くの？」

そう質問してみても、ウサギは飛び跳ねるばかりで返事をしてくれない。

どうしよう。

○×マートへ行くのは面倒くさい。
でも、アプリがそう言うのなら従ったほうがいいような気がする。

「もしかして、また事故現場に遭遇するのかも」

そう呟いて歩き出した。

二度とあんな危険な目には遭いたくないという思いと、また事故現場の動画を投稿することができるかもしれないという期待が入り混じる。

アプリがわざわざ遠いデパートをお勧めしてきたのは、それなりの理由があるはず。

あたしはそう思い、○×マートを目指すことにしたのだった。


家を通りすぎて○×マートに到着すると、店内は夕飯の買い物をするお客さんでごった返していた。

あたしは周囲をしっかりと確認しながら牛乳売場へと向かう。

これだけの人がいる中で火事が起きたらどうなるだろう？

車が突っ込んできたらどうなるだろう？

そう考えると、どこかワクワクしている自分がいた。

あたしはまた、SNS上で一躍有名になれるかもしれないのだ。

期待と緊張に胸を膨らませながら買い物をしたのだが、結局○×マートで事故や事件は起きなかった。

「なんだ、何もないじゃん」

店外へ出て大きく息を吐き出す。

アプリも役に立たない時があるのかもしれない。

そう思って歩いていた時だった。

前方から見知った顔の二人が歩いてくるのが見えて、あたしはとっさに電信柱の陰に隠れた。

心臓がドクドクと跳ねて、今見た光景が本物なのかどうか頭の中が混乱してくる。

あたしはそっと電信柱の影から顔を出して二人の様子を確認した。

見間違いでもなんでもない。

間違いなく、沙月と昌一の二人が並んで歩いているのだ。

二人の距離は近くて肩がぶつかりそうな位置にいる。

「どうして……?」

戸惑いと混乱で、ジットリと汗が滲んできていた。

二人にはあまり接点がなく、教室内でも会話をしているところはほとんど見たことがない。

沙月に言い寄っていく男子生徒は数多くいるが、昌一だけは興味を示していなかった。

それが、いつの間にこんな関係になっていたんだろう。

気がつくとあたしは自分の胸に手を当てていた。

なんでもないはずなのに、胸の奥のほうがズキズキと痛んでいる。

昌一にとっての一番は自分であると、どこかで過信していた部分があったのだ。

「あたしは昌一のことが好きだったの……?」

再び電信柱の陰に隠れて、あたしは自問自答した。

胸に感じる痛みは失恋の痛みによく似ている。

沙月と昌一が並んで歩いていただけで、二人が付き合っているのかどうかはわからない。

それなのに、今までに感じたことがないほどの痛みがあたしを貫いていたのだった。

どうしてアプリはあたしをあの場所へと誘導したのだろう。

家に戻ってから考えてみてもわからなかった。

アプリはあたしにとっていいことを教えてくれるはずだ。

今まではそう思っていた。

でも、今日の一件でそれも揺るぎ始めていた。

佑里香が恐怖を感じていたとおり、アプリが教えてくれた場所に行くと嫌な思いをするのかもしれない。

確信は持てなかったけれど、このアプリは役立つだけではない気がした。

あたしはベッドに寝転がり、スマホを取り出してアプリを起動させた。

もう見慣れてしまったウサギが画面に出てきた瞬間、強いメマイを感じて目を閉じた。

メマイと同時に吐き気が込み上げてくる。

しかしそれはあらがえないほどのものではなく、メマイはすぐに消えていった。

「今の、何……？」

画面上にはうれしそうに飛び跳ねているウサギがいるばかりだった。

翌日、スマホを確認すると美世からのメッセージが来ていた。

《美世：昨日は心配かけてごめんね！　今日はすっかり調子がいいから、学校行くね》

元気そうな、笑顔の絵文字と一緒にそう書かれていた。

あれから体調がよくなったようで、ひとまずは安心だ。

《佑里香：よかった！　でも、無理はしないでね？》

《麗衣：やっぱりスマホのいじりすぎだった？　あたしも昨日メマイがしたんだけど、なんだったんだろ》
《美世：麗衣、大丈夫？　あたし、しばらくアプリは使わないことにしたよ。アプリを使うとスマホの使用時間がどうしても増えちゃうしさ》
その文章にあたしはウサギを思い出していた。
確かに、お役立ちアプリをダウンロードしてから毎日使っている。
さすがに使いすぎな気はしていた。
《麗衣：そっか。あたしも気をつける》
あたしはそう返事をして、学校へ行く準備を始めたのだった。

教室へ入ると、あたしは真っ先に昌一と沙月の二人を探していた。

昌一はもう登校してきていて、窓際の席で友達と会話をしている。

その姿を見ると、一瞬にして昨日の出来事を思い出し、また胸が痛んだ。

「おはよう昌一」

できるだけ自然に声をかけた。

「おはよう」

いつものように笑顔を向けてくれるので、安心して昌一へ近づいていく。

その時だった。

「お前、昨日沙月ちゃんと二人で歩いてただろ！」

昌一と会話をしていた一人がそう言ったのだ。

あたしは昌一に近づく手前で立ちどまってしまった。

やっぱり、あれは夢でもなんでもなく現実だったんだ。

わかっていたことなのに、涙が出そうになった。

「なんだよお前、見てたのかよ」

昌一がしかめっ面をしながら言う。

「偶然見たんだよ！　まさか付き合ってるんじゃないだろうな⁉」

その質問に、あたしの胸はドクンッと跳ねた。

聞きたくない。

その思いから俯く。

しかし、その場から逃げることはできなかった。

……気になる。

いっそのこと昌一の口から本当のことを聞いてスッキリしてしまいたい気持ちもあった。

「そんなんじゃないって」

昌一がめんどくさそうな声で言ったので、あたしは顔をあげた。

「あいつが話があるっていうから、聞いてただけだよ」

そう説明する昌一は本当に迷惑そうな顔をしている。

「それ、本当に?」

思わず聞いていた。

「なんだよ、もしかして麗衣も見たのか?」

昌一に聞かれてあたしは気まずさを隠しながら「買い物帰りに似てる人がいるなって思っただけ」と、返事をした。

「あぁ〜、〇×マートか? あそこの前は通ったからなぁ」

「そっか。やっぱりあれ昌一だったんだ」

「うん。でもまぁ、話聞いてただけだし」

そう言って頭をかく。

話ってどんな話だったんだろう?

まさか告白とか?

そう考えて、あたしはすぐにその考えを否定する。

沙月から告白されたりしたら、誰だって黙っておかないと思う。

昌一だって、自分からどんどん自慢していきそうだ。

「なぁ麗衣。お前気をつけろよ？」

突然真剣な表情になって言われたので、あたしは首をかしげた。

「え？　何を気をつけるの？」

「スマホとかさ、イジリすぎるのよくないぞ」

「急に何？　お母さんみたいなこと言って」

そう言って笑ってみても、昌一は笑わない。

本気で言っているのだ。

あたしは昨日感じたメマイのことを思い出していた。

でも、昌一があのことを知っているとは思えない。

何か他に理由があって忠告してくれているのだろう。

「……わかった。気をつける」

とりあえず、昌一と沙月は付き合っていないとわかったのだ。

それだけでもよかったと、あたしは思ったのだった。

勝つために

それから元気そうな美世が登校してきて、いつもの風景が広がった。

「今日はやけに昌一のことを気にしてない？」

休憩時間中、佑里香に言われてあたしは慌てて視線を戻した。

「べ、別に？」

慌てて答えたため、口ごもってしまった。

顔が熱くてそのまま俯く。

「あはは。今さら何を隠してるの？」

そう言ってきたのは美世だった。

「隠すって、何を？」

チラリと顔を上げて聞くと、美世の意地悪そうな顔が見えた。

「昌一のこと、好きなんでしょ？」

あたしの耳に顔を近づけてそう言う美世に、あたしはガタンッとイスを鳴らして身を引いていた。

大きな音にクラスメートたちからの視線が集まる。

「何言ってるの？　あたしは別にそんなんじゃないし」

誰にも聞こえないよう、モゴモゴと口の中だけで説明する。

「あたしも気がついてたよ？」

佑里香にまでそんなことを言われて、あたしは体中から火が出るようだった。

きっと今、耳まで真っ赤になっていることだろう。

自分だって気がついていなかった感情を、友人たちはすでに見抜いていたようだ。

「わかった、認める」

あたしは観念してそう言い、呼吸を整えた。

まだ全身が熱くて真夏みたいだ。

「告白とかするの？」

佑里香が身を乗り出して、興味津々に聞いてきた。

美世も目を輝かせてあたしを見ている。

「告白なんてそんな……」

そこまで言って、目の端で昌一を見た。

昌一はいつもどおり友人たちとおしゃべりをしている。

でも、思い出すのは昨日の光景ばかりだ。

「ライバルがいるかもしれない」

あたしはついそう口にしていた。

「ライバル？」

佑里香が首をかしげる。

昌一が女子生徒に人気だという話は聞いたことがなかった。

ブサイクなわけじゃないけれど、昌一が自分から女子生徒に近づこうとしないから、女子生徒たちもそれをわかって無理に近づいていかない雰囲気があった。

だからこそ、昌一に気軽に話しかけることのできるあたしは特別なのだと、思っていたんだ。

「それって誰？」

美世に聞かれてあたしは教室内を見回した。

幸い、沙月の姿はない。

「沙月」

それでも極力小さな声で答えた。

「嘘っ⁉」

「ちょっと佑里香、声大きい！」

「ご、ごめん」

慌てて声量を落とす佑里香。

「でも、なんで沙月？　そんなふうには見えないけど」

美世がそう言ったので、あたしは昨日見た光景を話して聞かせた。

昌一は話をしていただけだと言っていたけれど、教室内では話せない内容なら、告白とか、そう言ったものだったのかもしれない。

「そんなことがあったんだ。でも、沙月と昌一なんて全然ピンとこないよね」

佑里香は大きく息を吐き出して言う。

相当驚いたのだろう。

「あたしも」

美世も同意している。

あたしだってビックリしているし、美人な沙月と昌一が釣り合うようにも見えなかった。

「二人の関係を質問してみたら？」

佑里香があたしのスマホを指さして言った。

さっきゲームをしたから、机の上に出しっぱなしにしてある。

「そっか。そうだよね。気になるなら質問してみればいいんだ」

自分の気持ちに気がついて混乱していたから、そんなことにも気がつかなかった。

あたしはさっそくお役立ちアプリを起動させた。

「沙月と昌一の関係を教えて？」

《ボクが解決してあげる！　二人はクラスメートだよ！》

ウサギの言葉にあたしは自然と笑みを浮かべていた。

「ほら、大丈夫そうじゃん！」

佑里香も質問の結果を聞いてうれしそうだ。

「本当だね。二人は付き合ってるわけじゃないんだ」

うれしい半面、沙月の気持ちはどうなのだろうと、疑問を感じた。

「沙月は昌一のことをどう思ってる？」

起動したままのアプリに続けて質問を投げかけた。

《ボクが解決してあげる！　沙月は昌一を自分のものにしたいと思ってるよ！》

無邪気に跳ねまわって答えるウサギにあたしは一瞬頭の中が真っ白になっていた。

沙月は昌一を自分のものにしたいと思ってる……？

「やっぱり、そうなんだ……」

沙月と昌一の組み合わせなんて、どう考えてもおかしい。

沙月がわざわざ昌一と外で話をするなんて、裏があるに決まっていた。

あたしはグッとスマホを握りしめて下唇を噛みしめた。

沙月と昌一は高校二年生に上がってから知り合ったと言っていた。

でもあたしは違う。

もっとずっと前から昌一のことを知っている。

あたしと昌一の間に沙月が無理やり割り込んできたようにしか、考えられなかった。

「麗衣、大丈夫？」

美世にそう聞かれてハッと我に返った。

「大丈夫だよ」

そう答えるけれど自分の声は少し震えていた。

沙月へ対する怒りに似た感情が湧き上がってくる。

でも、人を好きになるのは悪いことじゃない。

沙月だって悪気があるわけじゃないだろうし、そもそもあたしが昌一のことを好きだと知らないだろう。

沙月は悪くない。

頭では理解しているのに、気持ちはまったくついていかなかった。

あたしのライバルは沙月？

そんなの、勝てるわけがなかった。

「沙月に勝ちたいなら、それも相談すればいいじゃん」

思い悩んでいるあたしへ向けて、佑里香が軽い口調でそう言った。

「あ、そうだよね」

スマホ画面を見つめると、まだウサギが飛び跳ねている。

次の質問を待っているのだろう。

このアプリに質問すれば、きっとあたしは昌一と付き合うことができる。

沙月に勝つことができる!

そう思うと急に勇気が湧いてきた。

沙月もあたしと同じようにお役立ちアプリを使用するかもしれないから、先手を打ったほうがいい。

「沙月に勝つためにはどうすればいい?」

《ボクが解決してあげる! まずはメイクを頑張ろう!》

その答えにあたしは一瞬にして拍子抜けしてしまった。

想のイジメ回避の時と同じような、突飛な答えをくれると思っていたのに……。

「コツコツ頑張れってことだね」

アプリからの答えを聞き、美世は苦笑いを浮かべてそう言ったのだった。

救われる

昼休憩の時間、あたしたち三人は机をひっつけてお弁当を食べていた。

いつもと変わらない平和な風景の中、途端に大きな物音が教室後方に響き渡った。

驚いて振り向いてみると机とイスが倒れていて、その真ん中に浩哉が倒れ込んでいるのが見えた。

浩哉の前には肩で呼吸を繰り返す想が立っていた。

え……？

あたしはその光景に、思わず箸を置いていた。

「勝った……」

想が小さな声で呟いた。

その顔は呆然としているのがわかった。

「勝った……！　アプリの言ったとおり動いたら、勝った‼」

想の声は次第と大きくなり、最後には叫んでいた。

倒れ込んだ浩哉は動かない。

想が殴りつけたんだろうか？

いったいどうやって？

「想って結構強いんだね」

我に返ったように声をかけたのはカノンだった。

平気そうなフリをしているけれど、その声は微かに震えている。

まさか浩哉が想にやられるなんて思ってもいなかったのだろう。

シンと静まりかえった教室内、不意にクラスメートの一人が拍手を始めた。

「すごいじゃん想！」

そんな賞賛の声も聞こえてきて、拍手は教室中に広がっていく。

あたしたちも気がつけば想へ向けて拍手を送っていた。

アプリからの助言があったとしても、結果的に想が頑張ったのだ。

自分の力でイジメを撃退したのだ。

想はうれしさに涙を滲ませていたのだった。

「お役立ちアプリが想を救ったね」

浩哉が保健室へと運ばれたあと、美世がうれしそうな顔で言った。

「本当だね。カノンは浩哉と一緒に保健室に行ったけど、これからどうするつもりだろうね」

お弁当を再開させながら、佑里香が言う。

今までクラスで一番強い浩哉と一緒にいたのに、その立場は一瞬にして変わってしまった。

カノンにとっても想定外の出来事だっただろう。

「本当に浩哉のことが好きなら、強さなんて関係ないでしょ」

あたしはそう返事をした。

これがキッカケでカノンが浩哉から離れることになれば、それまでの関係だったということだ。

「復讐とか、怖くないのかな」

佑里香がそんな物騒なことを言い出した。

確かに、浩哉からの復讐はあり得るかもしれない。

だけど想にはお役立ちアプリがついている。

想も自信がついただろうし、きっと大丈夫だ。

「なぁ、ちょっと……」

そんな声がして振り向くと、サッカー部の成仁が立っていた。

ケガはまだよくなっていなくて、松葉づえをついている。

「どうしたの？」

「噂で聞いたんだけどさ、卓治もあのアプリを使ってるって本当か？」

成仁は真剣な表情で聞いてきた。

何か感づくことでもあったのかもしれない。

あたしは自然と成仁の足へと視線を向けていた。

意図的に事故に遭わされたかもしれないと知ると、成仁はどれだけ傷つくだろうか。

「本当だよ」

そう答えたのは美世だった。

あたしは驚いて美世へ視線を向けるが、美世は何もわかっていないようにキョトンとした顔をあたしへ向けた。

「やっぱり、そうか……」

成仁はそう言い、下唇を噛みしめて俯いた。

空いているほうの手をグッと握りしめて怒りを抑えているのがわかった。

「あ、あのさ成仁。卓治だって悪気があったわけじゃないと思うよ。サッカー大好きだし、それでちょっとアプリに頼っちゃったんだよ」

あたしは早口で言った。

とにかく成仁の気持ちを抑えないといけないと思ったのだが……。

「わかってる」

成仁はふっと肩の力を抜いてそう言った。

表情も、一瞬にして柔らかくなった。

「え？」

その変化に驚いて、あたしは成仁を見つめた。

「俺だって同じだ。アプリに頼りたいくらい、卓治に負けたくないと思ってる」

「そ、そう……」

あたしは戸惑いながらも頷いた。

さっきまでの張りつめた雰囲気はどこへ行ったのだろうか。

「だから俺にも教えてくれ。お役立ちアプリを」

成仁はそう言ったのだった。


卓治にも成仁にもアプリを教えてしまったから、これから先は二人の実力次第ということになりそうだ。

「これでよかったんだよ」

そう言ったのは佑里香だった。

「うん。片方だけアプリを使ってるなんて、フェアじゃないもんね？」

あたしは自分に言い聞かせるように答える。

あのアプリは成仁をケガに追い込んでいるから、どんな回答をするかわからない。

その恐怖心を無理やり見ないふりをした。

「あ、やばい」

何か思い出したように、美世がそう呟いた。

「どうしたの？」

「次の授業あたしが当てられる番だった」

「なんだそんなこと？　アプリに聞けばいいじゃん」

佑里香がアクビをしながら言う。

すっかりアプリに馴れた様子だ。

「それがね、アプリを起動している時だけなんだか気分が悪くなるから、消しちゃったんだよね」

残念そうな顔で美世がそう言った。

「嘘、消しちゃったの⁉」

あたしは驚いて聞き返した。

同時に、美世が嘔吐してしまったことを思い出す。

あたし自身も妙なメマイを感じたことがある。

「うん」

「それって、本当にアプリのせい？　スマホ画面の見すぎじゃなくて？」

そう聞くと、美世は眉間にシワを寄せて首をかしげた。

「わかんないんだよね。でも、あのアプリを消すことでスマホの使用時間も減ってるから、まぁいっかと思って」

「そっか……」

佑里香も残念そうな顔をしている。

せっかくアプリに馴れてきた時に、美世が消してしまったからだろう。

「それならあたしがアプリに聞いてあげるよ」

あたしはそう言い自分のスマホでアプリを立ち上げた。

「美世が次の授業で当てられる問題は何？」

《ボクが解決してあげる！　○○地区についての問題だよ》

自分自身の質問じゃなくても、アプリはちゃんと答えてくれるみたいだ。

「ありがとう麗衣。その問題なら教科書を見れば載ってるよね」

「うん」

昨日も授業で勉強したばかりだから、きっと大丈夫だ。

そうだ、あたしも質問をしておこう。

「どこのメイク道具を買えばいい？」

《ボクが解決してあげる！　〇〇っていうブランドのメイク道具がいいよ！》

その答えにあたしは「えぇ？」と、不満な声を漏らしてしまった。

ウサギが答えてくれたのは有名メーカーのもので、グロス一個が三千円くらいする。

学生にとってはちょっと高級なブランドなのだ。

「頑張ってバイトするしかないね。バイト先を決める時もアプリに聞けばいいじゃん」

佑里香にそう言われたけれど、「バイトなんてめんどくさいもん」と、あたしは答えたのだった。

第三章

目撃

放課後になると、あたしは一人で買い物へ向かっていた。

すぐに買える商品ではないけれど、一応メイク道具を見てみようと思ったのだ。

もしかしたら安売りとかしているかもしれないし。

小さな期待を胸にデパートへ向かうと、すぐ目の前にコスメ売場がズラリと並ぶ。

化粧や香水の独特の匂いに酔いそうになりながらも、あたしはお目当てのお店へと足を進めた。

若い子たちにも人気のメーカーだけあって、大学生くらいの子が数人メイク用品を見ている。

ショーケースに入れられたメイク道具を見てみると、案の定、数千円の価格が貼られていてため息を吐き出した。

こんなんじゃ簡単には買えそうにない。

佑里香の言うとおりアルバイトでもしないと……。

「何かお探しですか？」

キレイにメイクをした店員さんに声をかけられて、思わず後ずさりをしてしまう。
こんな高価な化粧品を買わされたら、今月のお小遣いがなくなってしまう。
「いえ、大丈夫です」
あたしはそう言い、逃げるようにお店をあとにしたのだった。
あわよくば割引商品がないかと期待したけれど、それもダメだった。
あたしみたいな高校生は安い化粧品から入ったほうがいいのかもしれない。
それでちゃんとメイクの練習をして、上達してからいい商品を買うのだ。
きっとみんなもそうしているだろう。
あたしはスマホを取り出してアプリを起動させた。
「安い化粧品じゃダメかな?」
《ボクが解決してあげる! できるだけいい化粧品のほうがいいよ!》
その回答に脱力してしまいそうになった。
そんなことはわかっている。
でも買うお金がないのにどうやって……。
そう考えた時だった。
目の前を歩いていたツインテールの女の子が、一人で雑貨店に入っていくのが見えた。

あ、この雑貨店くらいならあたしが買える商品があるかも。

そう思って視線を向けた瞬間、女の子が上着のポケットにリップクリームを入れるのを見てしまったのだ。

「え？」

一瞬自分の見間違いかと思った。

瞬きをするくらい素早い動きだったし、本当に万引きしたのかどうかわからない。

自分の心臓が早鐘を打ち始めるのを感じながら、あたしはお店の陰からスマホでその子の様子を撮影し始めた。

女の子は焦った様子も逃げ出す様子も見せず、さっきまでと変わらず商品を見ている。

あたしは息を殺して撮影を続けた。

店内には店員が一人しかおらず、今はレジ打ちをしている。

とても女の子の挙動を確認している暇はなさそうだ。

女の子もそれを理解しているようで、レジからは見えない棚へと移動した。

あたしも店内へ入り、怪しまれないようにスマホをかざしつづけた。

そして次の瞬間、文房具の棚へ向かった女の子が消しゴムを二つポケットに入れるのを撮影したのだ。

肉眼で確認してみても女の子の上着のポケットは心なしか膨らんできている。
それから女の子はグルリと店内を回って見て、そのまま店を出てしまった。
間違いなく、レジは通っていない。
あたしはゴクリと唾を飲み込んだ。
火事や事故もすごいけれど、人の犯罪を撮影することができるなんて思わなかった。
この動画をどうしてやろうか？
またＳＮＳで拡散しても面白いかもしれない。
でも……今のあたしはお金が必要だった。
「この動画、どうしたらいいと思う？」
《ボクが解決してあげる！　それを利用して脅しちゃえばいいんだよ！》
起動しっぱなしだったアプリが返事をしてくれた。
その回答に、あたしはニヤリと笑った。
そう言うと思っていた。
あたしは足早に、店外へ向かう女の子を追いかけたのだった。
「名前はなんていうの？」
あたしと女の子は店内にあるフードコートに移動して、向かい合って座っていた。

最初は逃げようとしていたけれど、動画を見せたら大人しくついてきたのだ。

女の子は青ざめた顔で俯いていて、あたしの質問に答えようとしない。

「黙ってちゃわからないんだけど」

あたしは質問をして、さっき買ってきたクリームソーダに口をつけた。

「マナミです……」

「え?」

あまりにも小さな声だったので、すぐに聞き返してしまった。

「マナミです」

今度はちゃんと聞こえた。

しかし、マナミちゃんは相変わらず青い顔のままだ。

あたしって、そんなに怖いかな?

「見たことない制服だけど、どこの学校?」

「横田高校です」

「隣町の学校じゃん。そっかぁ、この辺は知り合いがいないから万引きしやすかったの?」

『万引き』という単語にマナミちゃんはビクリと肩を震わせた。

あたしの意地悪な質問に黙り込んでしまったマナミちゃんに、あたしはさらに質問を投げかけた。

「横田高校の何年生?」

「二年生です……」

「あたしと一緒じゃん!」

こんなふうな出会い方をしていなければ、もしかしたら友達になれていたかもしれない。

「あの、その動画をどうするんですか?」

マナミちゃんは意を決して質問してきた。ずっと、その質問をしたくてうずうずしていたのだろう。

マナミちゃんの目はあたしを食い入るように見つめている。

「これ? どうしてほしい?」

あたしは見せびらかすようにスマホをマナミちゃんの眼前にかざした。

マナミちゃんはあたしの問いかけに答えることができず、俯いてしまった。

しかし、言葉にならない『消してほしい』という感情は、痛いほどに伝わってきた。

もちろん、そんなのあたしの知ったことじゃないけれど。

「警察? 学校?」

首をかしげ、試すように聞く。

「や、やめて！」

マナミちゃんはあたしの言葉に動揺して目に涙を浮かべている。

その様子を見ているとなんだか優越感が湧いてきた。

泣くほど困るのなら、万引きなんてしなければいいのに。

そう思い、内心クスリと笑った。

「そういえばあたし、メイク道具が欲しいんだよね」

今思い出したように言って、あたしはスマホをポケットにしまった。

「メイク道具？」

マナミちゃんはあたしの一語一句に怯えている。

「うん。〇〇っていうメーカー知ってる？」

「……知ってる」

「そこのメイク道具を揃えたいんだけど、お金が足りなくてさぁ」

そう言い、わざと大きなため息を吐き出した。

残念そうに俯いてみせる。

マナミちゃんは目を泳がせてから、あたしへ視線を戻した。

「そのメイク道具を買ってあげるから、動画を消してほしい」

マナミちゃんは消え入りそうな声でそう言った。

「本当に⁉」

パッと顔を上げてあたしは目を輝かせた。

「うん。動画を消してくれるなら、いいよ？」

マナミちゃんは念を押すようにあたしに言ってきた。

言われなくても、そのつもりだ。

「もちろん！　ありがとうマナミちゃん！」

あたしはそう言い、マナミちゃんの手を握りしめたのだった。

調べる

グロスにアイライナーにチークにファンデーション。

その他のメイク道具も全部揃えると、総額五万円くらいになっていた。

さすがにこれだけの金額は支払えないだろうと思っていたけれど、マナミちゃんはATMからお金を下ろしてちゃんと支払ってくれた。

なんでも、週三日はスーパーでレジ打ちのアルバイトをしているらしい。

「お金あるんじゃん」

そう言うとマナミちゃんは頷き「万引きはストレス発散のためにやってる」と、教えてくれた。

「お金があるのに万引きするなんて、わけわかんない」

家に戻って自室でメイク道具を広げ、あたしは呟いた。

マナミちゃんの万引き方法は手馴れているように見えたし、もう癖になってしまっているのかもしれない。

「まぁ、そのおかげであたしは一円も支払わずに、メイク道具を手に入れることができたけどね」

あたしはそう呟いて口もとに笑みを浮かべた。

罪悪感なんてひとつもない。

だって、万引きをしたのはマナミちゃんだ。

あたしは偶然その動画を撮影してしまっただけ。

メイク道具を買うと提案してきたのだってマナミちゃんだし、あのあとちゃんと動画も消した。

あたしは悪いことなんて何もしていない。

今までもちょっとしたメイク道具なら購入したことがあるけれど、こんなに高級品を手に入れたのは初めてだ。

使う前からドキドキしてしまう。

まずはメイク方法を調べてからじゃないとね。

そう思っていると、美世からメッセージが届いた。

《美世：ねぇ、ちょっとあのアプリについて調べてみたんだけど、ヤバイかもよ？》

焦っている絵文字と一緒にそんな文章が書かれていた。

あのアプリというのは、お役立ちアプリのことで間違いないだろう。

《麗衣：ヤバイって何が？》

《美世：あのアプリを使ってた人で、気分が悪くなった人がたくさんいるんだって》
《佑里香：ただの偶然じゃない？　あのウサギとか肉眼で見れる３Ｄじゃん。それで画面酔いするんだよ》
《美世：それもあるかも。でもさ、隣町で起きた事件の加害者もアプリを使ってたんだって》
隣町で起きた事件？
一瞬なんのことだかわからなかったけれど、少し前にイジメっ子を殺して自分も自殺した少女のことを思い出した。
《麗衣：あの子はイジメられっ子だったんでしょ？　あのアプリを使ったのは正解だと思うよ！》
同じクラスの想を見ていても、最近明らかに変わってきている。
前よりもずっと積極的な性格になったし、浩哉からやられっぱなしでもなくなった。
それはいい変化に見えていた。
《美世：でもさ……》
《佑里香：美世はあたしに気にしすぎって言ってたよね？　今度は美世が気にしすぎなんじゃない？》
《美世：……そうなのかな》

《麗衣：そうだよ！　美世はもうアプリを消したんでしょ？　それなら関係ないじゃん》
アプリのおかげで五万円近くするメイク道具だって手に入った。
今のあたしにはこのアプリはなくてはならないものなんだ。
それを否定されるのが嫌で、ついキツイ言葉を書き込んでしまった。
《美世：そうだね。ごめん》
美世はそれっきり、メッセージを送ってこなかったのだった。

翌日。

あたしは一生懸命メイクをして学校へ来ていた。

こんなふうにバッチリメイクをすることは初めてだったから、ドキドキしている。

教室に入る前に女子トイレの鏡で自分の顔をチェックする。

「どこもおかしくないよね？」

鏡に映る自分の顔はいつもより大人っぽくて、恥ずかしい。

お役立ちアプリに質問をしながら自分に似合うメイクをしてきたから、想像以上にキレイな仕上がりになっていた。

鏡を確認して自分の顔に自信がついたあたしは、ようやくA組へと入っていった。

「おはよぉ」

いつもどおりクラスメートに声をかける。

「おは……どうしたの麗衣！　めっちゃかわいいじゃん！」

返事をしかけた佑里香が驚いた声で言った。

「本当だ！　今日はすごい雰囲気違うね」

佑里香と一緒にいた美世もそう言ってくれた。

「ちょっと、メイクを頑張ってみたの」

あたしはそう返事をして二人へ近づいた。

「いいじゃん！　大人っぽくて似合ってる」

美世はそう言って自分のことのように興奮している。

「ありがとう。これ、アプリに質問して自分に似合うメイク方法を教えてもらったんだよ」

あたしが言うと美世は一瞬複雑そうな表情を浮かべた。

しかし、それもすぐに消えて笑顔になる。

「そっか。やっぱりあのアプリってすごいんだね」

「そうだよ」

「あたしもメイク方法について質問してみようかなぁ。麗衣の変わりようを見てたら、あたしも頑張りたくなっちゃう！」

佑里香は目を輝かせている。

佑里香は普段日焼け止めくらいしか使っていないのに、こういうふうに興味を持ってくれることはうれしかった。

「あ……」

ふと教室前方のドアへ視線を向けると、ちょうど昌一が登校してきたところだった。

昌一の顔を見た瞬間、ドクンッと大きく心臓が跳ねる。

昌一は、あたしのメイクを見てどう思うだろう？

変だって言われたらどうしよう……。

そんな不安が膨らんできた時、机へ向かう昌一と視線がぶつかった。

いつもどおり挨拶をすればいいのに、あたしは緊張してしまって言葉が喉の奥から出なくなってしまった。

「あれ、今日の麗衣かわいいな」

あたしを見た昌一が、なんでもないことのようにそう言った。

自然な感じであたしに近づき、頭に手を乗せる昌一。

「そ、そう？」

心臓が破裂してしまいそうなくらいドキドキしているのに、あたしはぶっきら棒に言った。

恥ずかしくて、目の前にいる昌一の顔を見ることもできない。

「メイク変えた？　めっちゃ似合ってる」

そう言ってあたしの頭をポンポンと撫でる昌一。

頭に乗せられた手は温かくて、それが体中にめぐっていくような気がした。

「あ、ありがとう」

「何？　もしかして照れてんの？」

あたしの顔を覗き込んでくる昌一。

さらに縮まった距離に体中から火が出そうだった。

「別に、照れてなんか」

反発してしまう自分を殴りたくなった。

どうしてかわいく『恥ずかしい』と、言えないんだろう。

「好きなヤツでもできた？」

昌一からの質問にあたしは返事に詰まってしまった。

好きなのは昌一だよ。

そんなこと、クラス内で言えるわけがない。

美世と佑里香だって近くにいるんだし。

「そっか、できたのかぁ」

黙り込んでしまったあたしを見て、肯定していると受け止めた昌一はそう言い、あたしの頭から手をどけてしまった。

「そういうんじゃなくて、気分転換」

あたしはそう言ってそっぽを向いた。

昌一に余計な勘違いはさせたくなかった。

「嘘つけ。気分転換だけでここまでしないだろ、お前」

ずっと一緒にいたせいで、嘘はすぐにバレてしまった。

「頑張れよ」

あたしの肩を叩いて言うと、自分の席へと向かう昌一。

その後ろ姿を見送ってあたしは大きく息を吐き出した。

はぁ。

緊張した。

「昌一、勘違いしてるみたいだけどいいの?」

佑里香に言われてあたしは曖昧に頷いた。

「ひとまず好印象だったし、よかったってことにする」

そう答えて、昌一に撫でられた頭に触れたのだった。

同じ

それから五分ほど経過した時だった。

いつもは朝練をしているはずの卓治と成仁の二人が教室へ入ってきたのだ。

「え……っ」

二人を見た瞬間教室中が絶句し、驚いた空気が流れた。

卓治も成仁も、同じように松葉づえをついて歩いているのだ。

「何があったんだろう」

教室内のどこからか、そんな声が聞こえてきた。

ケガをしていたのは成仁だけだったはずだ。

でも……。

あたしは成仁にもあのアプリを教えた。

そのあと卓治も同じようなケガをするなんて……。

とても偶然だとは思えなかった。

「卓治」

声をかけてみたけれど、卓治はあたしに視線を向けることなく席へと向かう。

「おはよう」

機嫌よくそう言ったのは成仁のほうだった。

「成仁……」

「これでフェアだろ?」

成仁はそう言い、ニヤリと笑ったのだった。

先にアプリを使ったのは卓治なのだから、こうなるのは仕方のないことだ。

でも、まさか同じようなケガをしてくるとは思わなかった。

これで二人とも次の大会への出場はできなくなったことになる。

二人の活躍はクラス内でも期待されていただけあって、A組にはどこか静けさが漂い始めていた。

みんななにも言わないけれど、ガッカリしているのは雰囲気でわかった。

担任の先生もケガなのだから仕方ないと言いながらも、二人の間に何かあったのではないかと勘繰り始めている様子だ。

「卓治のケガもアプリのせいかな」

昼休憩中、そう言ったのは美世だった。

あたしはピクリと体を震えさせた。

「……たぶん、そうなんだろうね」

そう答える以外になかった。

「どうしてあんなふうになるんだろう？　使い方が悪いのかな？」

佑里香は首をかしげている。

「そうだよね。あたしたちは火事や事故に遭遇したけど、誰かがケガをするようなことないもんね」

あたしは早口で言った。今さらアプリが悪いだなんて思えなかった。

利用者の質問方法が悪かったに決まっているんだ。

そう、思い込もうとした。

「麗衣のメイクもキレイにきまってるもんね」

明るい声で佑里香が言ってくれたので、あたしは笑顔で頷いた。

そうだよ。

昌一からの反応もよかったし、アプリを使って失敗したことなんて一度もない。

あたしはそう思い、教室の後ろへ視線を向けた。

今日は浩哉が想をイジメたりしていない。

この前の出来事があったからか、浩哉はやけに大人しかった。

代わりに想のまわりにはクラスメートが集まっていて、賑やかになっている。

ほらね。

あんなふうに人生を大逆転させることだってできるんだもん。

「ねぇ想。今日は一緒にお弁当食べない？」

想に声をかけているのは、なんとカノンだ。

カノンはピンク色の巾着に入ったお弁当箱を持って、想に近づいている。

それを見た浩哉は何か言いたそうな顔をしているが、チッと舌打ちだけ残して教室を出ていってしまった。

想は驚いた様子でカノンを見ているだけで、何も返事はしていない。

しかしカノンはおかまいなく、想の隣の席からイスを借りて座ってしまった。

「カノンって変わり身早すぎない？」

それを見ていた佑里香が小声で呟く。

浩哉より想のほうが強いと判断して、乗り換えたみたいだ。

想は居心地が悪そうな顔をしているが、カノンは気がついていないみたいだ。

「あれはないよねぇ」

そう声をかけてきたのは沙月だった。

購買に行っていたのか、手には焼きそばパンが握られている。

「あ、焼きそばパン買ってきたんだ」

「うん。最近人気急上昇だから、買うの大変だったよ」

やっぱりそうなんだ。

考えていたことが的中して、なんだかうれしい。

「沙月はカノンたちの関係はどうなると思う？」

美世に質問されて「まぁ、想と付き合うのは無理じゃないかな？」と沙月は言った。

「都合よく想の味方についてもさ、今までイジメてきたんだから無理でしょ」

あたしも、沙月の意見に賛成だった。

カノンと二人でお弁当を食べることを余儀なくされた想は、終始ひきつった笑顔を浮かべていたのだった。


休憩時間が終わる前にトイレへ行って出てくると、偶然、想が廊下の隅に立っていた。

一人だし、何をしてるんだろう？

そう思って何気なく近づいてみると、片手にスマホを持っているのが見えた。

今、先生はいないのに、何をコソコソしてるんだろう？

想の後ろから首を伸ばして画面を確認してみると、そこにはあのウサギが表示されていた。

教室では質問しづらいことでもあったのかもしれない。

「カノンに告白された。付き合うべきか？」

その質問にあたしは思わず声を上げそうになり、両手で自分の口を覆った。

カノンの変わり身の早さには驚いたけれど、まさか告白までするなんて思ってもみなかった。

浩哉とはもう別れたんだろうか？

カノンのことだから、それも怪しいように感じられた。

《ボクが解決してあげる！　絶対にやめたほうがいいよ！　遊んで捨てちゃえ！》

その答えに、あたしは一瞬目を見開いた。

アプリがそんなふうに利用者を刺激する言葉を吐くとは思っていなかった。

でも……。

想が今までされてきたことを考えると、その答えは間違っていないと感じられた。

想はずっと我慢してきたのだ。

カノンは少しくらい反省しなきゃいけない。

簡単に乗り換えられると思っている時点で、想のことをまだ下に見ている証拠だった。

あたしは足音を立てないようにそっと後ずさりをして、教室へと戻ったのだった。

死亡

それから放課後までカノンと想の様子を気にして見ていたけれど、とくに変わった様子はなかった。

ただ、休憩時間の度に想の席へと向かうカノンを見て、浩哉は苛立ちを溜めていっているようだった。

「なぁお前。なに考えてんの?」

放課後、先生が教室から出ていった時、ついに浩哉がカノンへそう聞いた。

「何?」

カノンはあからさまに嫌そうな表情を浩哉へ向けている。

「なんで想に構うんだよ」

名前を出された想は自分の机の前で立ち尽くしてしまった。

帰るに帰れなくなってしまったようで、完全にとばっちりだ。

「だって、浩哉より想のほうが強いじゃん」

なんでもないことのように答えるカノン。

浩哉のことが怖くないのだろうかと、疑問に感じてしまう。

「そんなことないだろ。あの時はたまたまで」

「たまたまでも、負けたよね？」

カノンは宏哉の言葉を遮って言った。

教室内に張りつめた空気が流れていく。

「付き合う時に言ったよね？　浩哉の強さに惹かれたんだって。強くなくなった浩哉なんて、全然魅力的じゃないんだよね」

カノンはそう言って息を吐き出した。

「それでも付き合ってきたんだから、少しくらい違う感情とかあるんじゃないのかよ」

その声は震えていて、拳が握りしめられている。

浩哉は必死に怒りを押し込めて、なんとか質問しているのだろう。

「全然？」

カノンは浩哉の言葉を完全に否定してしまっている。

ここまでカノンが強い男にこだわるのは、学校生活での自分の立場を重視しているからだろう。

あたしにはそう見えた。

「想。一緒に帰ろう」

まだ何か言いたそうな浩哉を無視し、カノンは想の手を握りしめて歩き出したのだった。


カノンの態度が引き金となり、クラス内での想の立場は跳ね上がることになった。

その代わり浩哉の立場は一気に転落してしまい、クラス内ではほとんど孤立状態。

もともと傲慢な態度でクラスを仕切っていたから、みんなが離れていくのは早かった。しかし、浩哉はまだ間に合うと思っているようだ。

「おい想、ジュース買ってこいよ」

浩哉の声が聞こえてきて教室後方へ視線を向けると、想の机の前に浩哉が立っていた。

「まだそんなこと言ってんのかよ」

面倒くさそうな声を上げたのは、想のまわりにいた友人たちだった。

今はもう、想はひとりなんかじゃない。

「なんだよお前、邪魔だからどけよ」

「邪魔なのは浩哉のほうだろ？　いい加減、自分の立場に気がつけよ」

そう言われ、笑われている。

それでも浩哉はその場から離れようとしなかった。

想が自分に逆らうはずがないと思っているのかもしれない。

「やめときなよ、見苦しいよ？」

想が苦笑いを浮かべて浩哉へ言った。

今の想は少し前とは全然違って、自信に満ち溢れている。

今までは浩哉の一挙一動にビクビクして俯いていたけれど、真っ直ぐに浩哉の顔を見ている。

「見苦しいだと？」

浩哉が声を荒らげて想につかみかかろうとする。

しかし、それは周囲にいた友人たちの手によって、簡単に遮られてしまったのだ。

「離せよお前ら！　次はお前らがターゲットになるぞ！」

浩哉は必死に威嚇しているけれど、それで動じるクラスメートはもうひとりもいなかった。

想は、そんな浩哉を見て声をあげて笑い出した。

「もうやめときなよ。これ以上、自分の醜態をさらす必要はないだろ？」

「なんだと！」

浩哉が何か言い返そうとしたタイミングで、教室のドアが開いてカノンが入ってきた。

カノンはクラスメートに取り押さえられている浩哉を一瞥すると、まるで汚い物でも見るかのように表情を歪めた。

そして、浩哉に声をかけることなく想の隣へと移動していく。

「何かあった?」

カノンからの質問に想は勝ち誇ったように笑みを浮かべて「別に、何もないよ」と、答えたのだった。


「浩哉も終わりだねぇ」

休憩時間、トイレの鏡で身だしなみをチェックしながらあたしは呟いた。

「本当だよね。まさか浩哉が転落するなんて思ってなかったけど」

あたしの隣でリップクリームを塗っていた美世が答える。

「でもさ、クラスメートたちの変わり身の早さは笑えるよね」

美世がそう言って苦笑いを浮かべた。

確かに、今まで浩哉の機嫌を損ねないようにしていたクラスメートたちは、誰ひとりとして浩哉の味方ではなくなってしまっていた。

その光景を見ると少しかわいそうな気がしたけれど、それもこれも浩哉の日ごろの行いが悪かったせいだ。

美世と二人でトイレから出ると、佑里香の席の前に浩哉が立っていた。

佑里香は困惑した表情を浮かべているし、浩哉は額の血管を浮かび上がらせている。

すぐによくない雰囲気だとわかり、あたしと美世は駆け寄った。

「何かあったの？」

二人へ向けて質問すると「こいつ、俺のことを見て笑いやがったんだ」と、浩哉が佑里香を指さして言った。

「え？　本当に？」

あたしは目を丸くして聞き返す。

「別に、浩哉を見て笑ったワケじゃないよ！」

佑里香は慌てて左右に首を振って弁解している。

けれど、浩哉はその言葉に聞く耳を持たない。

「嘘つくなよ！　俺はちゃんと見てたんだぞ！」

そう言って佑里香の机を両手でバンッ！と叩く。

その音は教室中に響き渡り、おしゃべりをしていた生徒たちが一瞬にして静かになった。

「俺を笑うヤツは許さない！　絶対にだ！」

まるで駄々っ子のように叫ぶ浩哉。

もしかして、他のクラスメートたちに言えないことを、佑里香へ向けて言ってるんじゃないだろうか？

浩哉を見て笑う生徒なんて、今ではもう珍しくない。

教室にひとりで残っていた佑里香に目をつけて、わざと大声で怒鳴り散らしているようにしか見えなかった。

それで自分の威厳を取り戻すことができると思っているのだろうか。

女子生徒に怒鳴ったりすればさらに自分の立場が悪くなるだけなのに、どうして気がつかないいんだろう。

あたしは呆れてしまった。

「もうやめなよ浩哉。そんなことをしても、なんの意味もないよ？」

たしなめるように声をかけると、浩哉は顔を真っ赤にして教室を出ていってしまった。

「佑里香、大丈夫？」

「うん。ちょっとビックリしたけど浩哉も必死なんじゃない？」

佑里香は安心したように大きく息を吐き出して言う。

「浩哉って本当に最低だね。佑里香、あんなヤツのこと気にしなくていいよ！」

クラスメートの女子が佑里香へ向けて声をかけてきた。

みんな浩哉のことを敵視しているみたいだ。

やっぱり、威厳を取り戻すどころか、悪化している。

「バカなヤツ」

教室の後方で、想が呟くのが聞こえてきたのだった。

「なぁ、そんなに俺と付き合いたいか？」

それは、浩哉がクラスカーストから転落して三日後の休憩時間のことだった。

カノンは相変わらず想にべったりとくっついている。

「もちろんだよ！」

想の質問にカノンは大きく頷いている。

あたしはこっそり聞いてしまったアプリからの返答を思い出していた。

遊んで捨てちゃえ！

ウサギは確かにそう言っていた。

だけど、普通ならそんな言葉には従わず、付き合う気がないのなら相手を突き放すところだ。

でも「わかった」と、想は言ったのだ。

あたしは驚いて二人へ視線を向けた。

カノンの声が大きいから、クラス中の生徒が注目しているのがわかった。

「本当に⁉」

「ただし、俺のゲームに付き合ってくれればね」

「ゲームって何？」

聞きながらも、カノンは目を輝かせている。

想と付き合えばまた自分の立場は安泰だと考えているのだろう。

「それは……。今まで俺にしてきたことを、全部お前も経験することだよ」

想が口角を上げ、おかしそうに笑い声を立てて言う。

「え……？」

想がやられてきたことといえば、執拗なイジリとイジメ。

それをカノンも受けろと言っているのだ。

「何言ってるの？　あたしはやりたくてやってたワケじゃないよ？　浩哉がやれって言うから」

カノンは慌てた様子で言う。

自分の立場が悪くなるとすぐに責任転嫁しようとする。

しかし、そんなことを想が許すわけがなかった。

「そっか。じゃあ、俺も仕方なくカノンに仕返しをさせてもらうよ？」

そう言い、躊躇することなくカノンの頬を叩いたのだ。

パンッと肌を打つ音が教室に響く。

「おい！　お前なぁ……！」

弾かれたように立ち上がり、声を上げたのは浩哉だった。

しかし、他のクラスメートたちが浩哉の腕を掴んで引き止めた。

みんなこの状況を面白がっているように感じられた。

カノンは目を丸くし、唖然として想を見つめている。

「せっかくだから、服も脱いでもらおうか」

想がカノンの制服に手を伸ばす。

「いやっ！　何すんの！」

想の手を払いのけて後ずさりをするカノン。

「あれ？　学校外で俺のこと全裸にして楽しんだのってカノンじゃなかったっけ？」

想の言葉にカノンは言い返すことができないでいる。

どうやら図星みたいだ。

「カノン最低」

どこからか、クラスメートが軽蔑するような声を投げかけた。

「違う……あたしは、浩哉に言われて……っ」

「強い人間に言われたらどんなことでも実行するんだろ？　だったら脱げよ」

想はカノンに近づき、制服を鷲掴みにした。

カノンは青ざめて抵抗しているが、さすがに男の力には敵わない。

クラスメートたちは薄ら笑いを浮かべてそれを眺めているだけだった。

「あれってさ、ほっといていいのかな？」

沙月がそう言ってきたのであたしは苦笑いを浮かべた。

本当ならすぐに先生に伝えたほうがいい。

でも、みんな想の逆襲を見てみたいと思っているから、動かずにいるんだろう。

結局、自分の身に降りかかってこなければそれでいいのだ。

「アプリに聞いてみれば？」

そう言ったのは佑里香だった。

さっそくスマホを取り出している。

「先生に報告したほうがいい？」

《ボクが解決してあげる！　報告なんてしなくていいよ！　ただのゲームだから》

ウサギは飛び跳ねながらそう言った。

そうだった。

これはただのゲームだって想は言っていた。

想の言うことを聞けば付き合うことができるんだから、フェアなはずだ。

イジメとは違う。

「なんで……なんでみんな助けてくれないの⁉」

悲鳴に近い声でカノンが叫ぶ。

けれど、カノンに手を差し伸べようとする生徒は一人もいなかった。

浩哉一人が必死に助けようともがいている。

その光景すら、見ていて面白いと感じている自分がいた。

「仕方ないよ。自業自得なんだから」

佑里香が冷めた声で言った瞬間、想がカノンのブラウスを引き裂いたのだった。

カノンの水色の下着が見えたときクラス中が爆笑の渦に包まれた。

カノンは一人床に崩れ落ち、必死に胸元を隠している。

顔は真っ赤になり目には涙が浮かんでいるカノン。

それを見下ろしているのは想だ。

「どうした？　まだ下着が見えただけだろ？」

「やめて……」

カノンの声は震えて、想が顔を近づけるだけでビクリと体を撥ねさせた。

「俺のことは全裸にしたのに、自分は助けてほしいのか？」

その質問にカノンは押し黙ってしまった。

「やめろ！　離せよクソッ‼」

思い出したように声を上げ始めたのは浩哉だった。

浩哉は青ざめた顔で二人の様子を見ている。

「お前をイジメてたのは俺だろ！　俺が脱げばいいんだろ！」

唾を飛ばしてそう言う浩哉に、ようやく想が視線を向けた。

「カノンの代わりにお前が脱ぐの？　そしたらカノンと付き合うためのゲームじゃなくなるけど、いい？」

カノンを見下ろして想が聞く。

カノンは何度も頷いた。

「カノン、マジ最低」

自分が捨てた男に簡単に助けてもらおうとするカノンは確かに最低だ。

でも、その言葉を口走ったのが佑里香だったので驚いてしまった。

「じゃあさ、カノンはあたしらでやっちゃう？」

ふと思いついてあたしは言った。

浩哉に守られているカノンはこれ以上傷つかないなんて、あたしには納得できなかった。

「いいね！　じゃあ、いったんアプリに聞いてみようよ。どうやってカノンに反省させればいいか」

佑里香に言われてあたしはスマホを取り出した。

本当にどんな悩みでも解決してくれる便利なアプリだった。

「カノンへの制裁方法は？」

《ボクが解決してあげる！　坊主にしちゃえ！》

その回答にあたしと佑里香は目を見交わせ、それから噴き出した。

カノンが坊主になったところを想像したらおかしくて、涙まで出てきてしまう。

「やるなら今だよ。今ならみんな想の味方だから」

佑里香が早口に言った。

あたしは教室内をグルリと見回す。

確かに、クラスのみんなは今の状況を楽しんで笑いながら見ている。

しかも、幸いなことに昌一の姿は見えなかった。

きっと、他のクラスに遊びに行っているのだろう。

今なら自分の残酷な部分を昌一に見られる心配もない。

あたしはニヤリと笑って佑里香へ向けて頷いた。

「ハサミしかないけど、いいよね？」

筆箱からハサミを取り出してあたしと佑里香はカノンに近づいた。

制服を破られたことで放心状態になっているカノンの髪は、とても艶やかでキレイだった。

あたしはその髪をひと束握りしめた。

「え、何？」

カノンが振り向こうとするから、「動かないで。耳まで切り落とすから」と、早口で言った。

「切り落とすって何？」

その質問に答える前に、あたしはカノンの髪にハサミを入れていたのだった。

カノンと浩哉の二人が解放されたのは、休憩時間が終わる五分前のことだった。

浩哉は教室の中央で全裸にされ、その隣には坊主になったカノンが座り込んでいた。

バリカンなどなかったため髪の長さは不揃いで、すごく汚い状態になっている。

二人を見て散々笑っていたクラスメートたちは、今は知らん顔をして残り時間を友人たちと談笑している。

張本人である想は、席に座って文庫本を読んでいた。

浩哉とカノンを除いては、ごく普通の教室風景が広がる。

その時だった。

不意に、カノンが奇声を上げたのだ。

それはサイレンのようにけたたましく響き渡り、鼓膜が破れてしまいそうだった。

カノンは人間とは思えない声を張り上げながら教室を飛び出した。

廊下を走り、階段を駆け下りていく音が聞こえてくる。

あんな姿のまま外へ出るつもりだろうか？

そう思った時、階段から大きな音が聞こえてきてあたしと佑里香は目を見交わせた。

授業開始まであと一分を切っているが、二人で同時に教室を出た。

廊下には衝撃音を聞いた生徒たちが出てきていた。

その生徒たちに混ざってカノンが走っていった階段へと向かってみると……人に取り囲まれた状態でカノンが倒れていた。

階段から落下したのか、足が逆方向を向いている。

「あ～あ」

呆れたような声が聞こえてきて振り向くと、そこには笑みを浮かべた想が立っていた。

「想……」

「俺、カノンに階段から突き落とされたこともあったんだ。まったく同じことになるなんてね。でも見たところこっちは助かりそうにないね」

学校の階段はそんなに長くないし、コンクリートでもない。

よほど運が悪くなければ死ぬようなことはないはずだ。

それなのにカノンの体からはジワリと血が流れ出し、すぐに周囲を染め始めていたのだった。

殺害

すぐに救急搬送されたカノンは、学校の近くにある総合病院で手術を受けることになったらしい。

「どうする？　様子見てくる？」

放課後になり、佑里香が声をかけてきたのであたしは立ち止まった。

「カノンのこと？」

「うん。気にならない？」

気にならないと言えば嘘になるかもしれない。

「あたしたちが行ってもいいと思う？」

そう言ったのは帰る準備をして近づいてきた美世だった。

カノンとあたしたちは友人と呼べる間柄じゃない。

あたしたちがお見舞いに行くことで、迷惑がかかるかもしれなかった。

「一緒に行く？」

あたしたちの様子を遠目から見ていた想が声をかけてきたので、あたしは驚いて目を見開いた。

「想は病院に行くの？」

「もちろん。カノンは俺のことが大好きだから、お見舞いに行ってあげないとね」

想は笑いながら答えた。

その様子に少しだけ背筋が寒く感じた。

「それなら、一緒についていこうか」

美世の言葉に、佑里香も頷いている。

二人とも想の変化に気がついているはずなのに、怖く感じないのだろうか。

「麗衣はどうする？」

教室を出ていこうとする想に聞かれて、慌てて「行く」と、返事をしたのだった。


病院の中はとても静かだった。

とくに、カノンが運び込まれている手術室の前は人の姿がなくて寂しさを感じた。

「あれが、カノンの両親？」

少し遠目から、手術室の前のイスに座っている夫婦を見つけて、あたしは聞いた。

「たぶんね」

答えてくれたのは想だ。

想は躊躇することなく、夫婦へと近づいていって声をかけた。

「初めまして、カノンさんのクラスメートの貝谷想です」

キチンとした挨拶に、カノンの両親がイスから立ち上がって会釈している。

あたしたちもすぐに想にならって挨拶をした。

「こんなにたくさん友達が来てくれるなんて……」

そう言って喉を詰まらせるカノンのお母さん。

「カノンさんはどんな状態なんですか？」

想が尋ねると、カノンの母親は左右に首を振り、そのままイスに腰かけてしまった。

「今手術中だけど、かなり厳しい状態らしい」

代わりに、カノンのお父さんが返事をしてくれた。

「そうなんですか……」

想は深刻な表情で呟くように言い、手術中のランプへ視線を向けた。

その表情はとても冷たくて、あたしは身震いをした。

想は今、どんなことを思いながら手術中のランプを見つめているんだろう。

自分をイジメていた人間が死ぬかもしれないのだ。

もしかしたら、心の中では喜んでいるかもしれない。

「邪魔になると悪いので、これで帰ります。カノンさんに何かあったら、連絡してください」

想は早口に言い、自分のスマホの番号をメモしてカノンのお母さんに手渡した。

「わかったわ。来てくれてありがとうね。あの子、キツイ性格をしてるから、友達と上手くいってるかどうか心配だったの」

カノンのお母さんは涙をぬぐいながら言った。

その言葉にあたしと佑里香は一瞬目を見交わせた。

カノンの性格は、家の中でも健在だったみたいだ。

「カノンさんはとても優しくていい子でしたよ」

想は、感情のこもっていない声で返事をしたのだった。

あたしの元に想から連絡が入ったのは、その日の夕方六時ころだった。

「もしもし?」

リビングでくつろいでいたのだけれど、想からの電話で慌てて自室へと戻り、嫌な予感を抱きながら電話に出た。

『麗衣? 俺だけど』

「想だよね? どうしたの?」

質問をしながら、自分の心臓が早鐘を打ち始めるのを感じていた。

『さっき、カノンの親から連絡が入ったんだ』

その言葉にあたしは一瞬息を止めていた。

「それで……？」

おそるおそる質問する。

このまま何も聞かずに電話を切ってもよかったけれど、明日になれば嫌でも聞かされることに違いなかった。

あたしはゴクリと唾をのみ込んで、スマホを握りしめる手に力を込めた。

『一時間くらい前に、カノンは息を引き取った』

どこかで覚悟していたことだったけれど、あたしはとっさに返事ができなかった。

カノンの、あの傲慢な性格を思い出してゆるく息を吐き出す。

「そっか……」

『笑えるよな！』

途端に、電話口から想の笑い声が聞こえてきた。

「え？」

『学校の階段から落ちて死ぬなんて、ドジすぎるだろ』

そう言い、心から楽しげに笑っている。

「そ、そうだね……」

今まで散々イジメられていた想からすれば、気分がいい出来事なのかもしれない。
でも、あたしはひきつった笑みを浮かべることしかできなかった。
クラスメートが一人死んだという事実が重たくのしかかってくる。
「ごめん、もう切るね」
あたしは早口にそう言うと、電話を切って大きく深呼吸をした。
頭の中はまだ混乱している。
そんな状態で、あたしはアプリを起動していた。
「カノンが死んだみたい。どうすればいい？」
その質問に、画面上のウサギはいつもどおり飛び跳ねながら答えた。
《ボクが解決してあげる！　そんなこと、気にする必要ないよ！》
その返答を聞いたあたしは、一瞬にして安堵した。
「そうだよね、あたしには関係ないことだよね」
考えてみたら、クラスメートが一人減ったくらいじゃ地球は滅亡しない。
それに死んだ相手はカノンだ。
クラス中からの嫌われ者。
想だって楽しんでいたのだから、あたしが深刻に考える必要なんてひとつもなかった。

「階段から落ちて死ぬなんて、ほんとギャグみたい」

あたしはそう呟いて笑ったのだった。

カノンの葬儀は静かに終わっていった。

学校内の事故だったこともあり、もっと大々的にマスコミ等が駆けつけるかと思っていたが、そうはならなかった。

カノンの両親が事故を隠したがっているという噂だけが、聞こえてきた。

「カノン、家庭内でもかなり派手なことしてたみたいだね」

昼休憩中、美世がそう言った。

「そうなんだ?」

カノンのことは学校以外では何も知らない。

「うん。近所からの評判も悪くて、カノンの扱いに困ってたみたい」

美世の言葉に佑里香はニコッと笑顔になった。

「それなら邪魔者がいなくなってよかったんだね」

佑里香の言い方に吹き出してしまいそうになる。

アプリに肯定的になってから、佑里香の性格が変わってきたような気がする。

「イジメがあったかどうかとか、調査されてないしね」

あたしはそう言った。

カノンの髪の毛が切られていた原因なども、今のところ調べられていなかった。

両親が学校内での調査を拒否したためだった。

それはあたしたちにとっては好都合だった。

カノンは誰にも迷惑をかけることなく、一人で死んでいってくれたのだから。

「あ、でも浩哉は悲しんでるか」

思い出してそう呟いた。

浩哉はカノンが死んでからずっと学校へ来ていない。

相当ショックを受けているようだ。

「浩哉も、よくあんな女のことで本気になれたよねぇ」

ウインナーを口に運びながら美世は言った。

「それ、あたしも思ってたよ。カノンなんてどう見ても腹黒じゃん」

あたしはそう言って笑った。

カノンのどこがいいのか、死んだ今でもわからないままだ。

だけど、浩哉は確かに真剣にカノンのことが好きだったのだろう。

じゃないと、自分が犠牲になって全裸になることなんて、なかったハズだ。

「想も、大丈夫かなぁ？」

あたしは今日学校へ来ていない想を思い浮かべて、呟いたのだった。

その連絡が来たのは授業が終わり、家に戻ってすぐのことだった。

普段はあまり鳴らない自宅の電話が鳴り、お母さんが慌てた様子であたしを呼びにきた。

「どうしたのお母さん」

ベッドに寝転んで漫画を読んでいたあたしは上半身を起こして聞いた。

部屋に入ってきたお母さんは心なしか顔色が悪い。

「同じクラスの橋木君と貝谷君ってわかるわよね？」

「浩哉と想？　二人がどうしたの？」

そう質問しながらも、嫌な予感が胸をよぎっていた。

二人とも今日は学校へ来ていない。

まさか、二人に何かあったんじゃないだろうか。

「今、学校から連絡が来て、二人が亡くなったって……」

「え？」

あたしは目を丸くしたまま、動きを止めた。

二人が死んだ……？

「何それ、なんで？」

混乱して頭を整理することができない。

「橋木君のほうは自宅で首を吊って、貝谷君は廃工場で見つかったって」

「廃工場……？」

余計にわからなくて混乱する。

浩哉は自殺。

想は廃工場。

いったい何がどうなってるんだろう？

「先生が言うには、橋木君が貝谷君を廃工場に呼び出したらしいって」

そう言われて、わからなかったことが少しだけ見えてきた。

カノンをあんな目に遭わせたのだから、浩哉が黙っているハズがないと思っていた。

「まさか、浩哉が想を……？」

「その可能性もあるって……」

想を殺してしまったから、浩哉は自宅で自殺したのかもしれない。

それなら話が通じる。

「お母さんごめん。ちょっと一人になりたい」

あたしはそう言い、お母さんに部屋から出ていってもらったのだった。

そのあとすぐ、美世と佑里香にメッセージを送った。
《麗衣：学校から連絡あった？》
《美世：あったよ。二人が死んだって……》
《佑里香：いくらアプリがあっても、浩哉が相手じゃ無理だよ》
二人とも、すぐに返事をしてくれた。
《麗衣：二人ともアプリを使ってたもんね。きっとサッカー部の二人みたいに同じ答えを出してやり合わせたんじゃないかな？》
あたしはケガをしている卓治と成仁の姿を思い出していた。
成仁は『フェア』になったと言っていた。
アプリはどちらか片方だけが有利になるようには動かない。
《佑里香：そうかもしれないね。でもそれで勝負がついたんだからいいんじゃない？》
佑里香からの返信はやけに軽い。
二人とも死んでしまうという最悪の状態で勝負がついたというのは、隣町で起こったイジメ事件とよく似ていた。
《美世：あの事件にそっくり》
美世の短い文章にあたしはゆっくりと息を吐き出した。

《麗衣：美世もそう思う？》
《美世：うん》
《佑里香：ただの偶然だよ。アプリからの答えなんて無視すればいいのに、それを実行するからじゃん》
佑里香は当初のあたしみたいな意見を言っている。
本当に別人のようだった。
《麗衣：確かに偶然かもしれない。でも、いったんアプリをやめてみてもいいかもしれないよね》
その書き込みには、しばらく返事がこなかった。
美世はすでに消してしまっているから、佑里香からの返事待ちだ。
《佑里香：わかった。それならいったん消してみよう》
その返信を見て、ひとまず安堵した。
あのアプリを使い始めてから、クラス内の雰囲気が徐々に変わってきている気もする。
カノンがイジメられている間誰も助けなかったし、あたし自身すごく楽しんでいた。
部屋で一人になって思い返してみると、正常な状態だとは言えなかった。
まるでクラス全体が洗脳されているような、そんな感じ。

一度アプリを消して様子を見てみれば、その原因もわかるかもしれない。

翌日。

A組の教室内はいつもどおりだった。

二人も死んでしまったというのに、あちこちから笑い声が聞こえてくる。

クラスメートたちは一様にスマホを持ち、ウサギに向かって質問を繰り返している。

「じゃあ、消すよ？」

休憩時間中、あたしはスマホを机の上に出して佑里香へ言った。

佑里香もスマホを準備している。

「うん」

頷く佑里香。

アプリを一つ消すだけなのに、どうしてかあたしの心臓は早鐘を打ち始めていた。

嫌な汗が背中を流れていき、喉がカラカラに乾いていくのを感じる。

それは佑里香も同じみたいで、さっきから顔色が悪く、呼吸が荒い。

「二人とも、大丈夫？」

そんなあたしたちを心配しているのは美世だった。

「うん……でも、なんだか気分が悪い」

あたしはそう返事をした。

今にも朝ご飯が胃からせり上がってきそうだった。

どうしたんだろう。

風邪でもひいたかな?

そう思いながらアプリのアンインストールボタンを表示させた。

これをタップすれば消える。

ただそれだけのことだ。

佑里香もボタンを表示させていて、あとはタップするだけの状態になっている。

しかし、そこから先が動けなかった。

指先がガタガタと震え始め、スマホを持っていることができない。

こめかみから汗が流れて机に落ちた。

さっきよりも気分が悪くなり、あたしは口元を押さえて立ち上がっていた。

しかし、あたしより先にトイレへ走っていたのは佑里香のほうだった。

個室へと走り、激しく嘔吐する。

「ちょっと二人とも大丈夫?」

慌てて美世が追いかけてきたけれど、あたしたちはそれに返事をすることもできなかったのだった。

数分後、あたしと佑里香はどうにか教室へと戻ってきていた。

けれどさっきまでの気持ち悪さはぬぐいきれていない。

佑里香を見ると自分の机に突っ伏していた。

「本当に大丈夫？　早退しなくていい？」

美世が心配そうに聞いてきた。

「うん……。とりあえずは大丈夫」

吐いたことで少しは気分がよくなっているので、あたしはそう答えた。

ペットボトルの冷たいお茶を飲んだら気分も落ちついた。

「二人して急にどうしたの？」

「わかんない。でも……あのアプリを消そうとしたら急に気分が悪くなったの」

それまでは本当になんでもなかった。

佑里香だっていつもどおりで元気そうだった。

「そっか……。やっぱり、あのアプリは何かあるんじゃないかな？」

「何かって？」

そう言えば美世もアプリを使っていたら気分が悪くなったと言っていたっけ。

「わかんないけど、でも……」

そこで言葉を切って教室の中央へと視線を向ける美世。

続いて視線を向けてみると、そこには卓治と成仁がいた。

二人とも机が隣同士だからよくサッカーの話で盛り上がっていたけれど、今は互いに背を向けて座っている。

少しでも相手を視界に入れないようにしているように見えた。

成仁のケガはずいぶんとよくなってきているようだけれど、二人の関係は完全に崩壊してしまっているようだ。

「最初からライバルなんだもん。あれは仕方ないよ」

あたしは早口でそう言っていた。

まるでアプリを擁護するような言葉が自然と出てきたので、自分でも驚いてしまった。

「ライバルってさ、ちょっとしたことで完全な敵になっちゃうでしょ？　きっと、二人もそうなんだよ」

思ってもいないことが口をついて出てくる。

「そうだけどさ……」

次に美世が視線を向けたのは沙月の机だった。

沙月の机のまわりにはたくさんの男子生徒たちが集まっていて、それぞれ手にはプレゼントを持っている。

アプリに質問をして、プレゼントを用意するように言われたのかもしれない。

「沙月は美人だもん。アプリがなくたってああなることは予測できたよ?」

「本当にそう思ってる? アプリを使う前はあんなふうに積極的になる男子はいなかったじゃん」

あたしの言葉に美世は顔をしかめて言った。

確かに美世の言うとおり、アプリが広まる前はみんな遠くから沙月のことを見ているだけだった。

「いいじゃん別に。人を好きになることは悪いことじゃないんだから」

そういうふうにアプリを擁護していると、だんだんと体調がよくなってくるのを感じた。

美世は目を丸くしてあたしを見ている。

あたし、何か変なこと言った?

「麗衣。さっきまで顔色が悪かったけど大丈夫か?」

その声に振り向くと昌一が立っていた。

「昌一! 全然大丈夫だよ」

これは嘘じゃなかった。

今は、すっかり吐き気も治まっている。

「そっか。それならよかった」

そう言って安心したようにほほ笑む昌一に、胸の奥がキュンとした。

あたしはやっぱり昌一のことが好きなんだ。

「それにしても、なんか教室の雰囲気変わったよなぁ」

「え？」

昌一の言葉にあたしは首をかしげた。

「人が三人も死んでるのに、この明るさっておかしいだろ」

「あぁ……。そうかな？　みんな悲しいけど我慢して明るく振る舞ってるんじゃないかな？」

「そんなふうには見えないけどな。とくにあそこ」

そう言って昌一は沙月の席を指さした。

男子たちはクラスメートが死んだ悲しみよりも、沙月に気に入られることを優先しているのは一目瞭然だった。

「大丈夫大丈夫。あんなの気にする必要ないって」

あたしはそう言い、ほほ笑んだのだった。

ダイエット

浩哉と想の葬儀は同じ式場で、まとめて執り行われることになった。

二人からしたらいい迷惑だろう。

けれど世間では浩哉と想の二人は仲がよく、じゃれ合っている間に誤って殺してしまったということになっていた。

浩哉はその罪の意識からの自殺。

絶対に違うということは学校関係者なら全員わかっているはずなのに、それを正そうとする大人は誰一人としていなかった。

きっと、大きな権力が動いているのだろう。

そのおかげで、学校に集まるマスコミの数が少なくて済んでいるのは、あたしたちにとってとても好都合だった。

A組の生徒たちは全員が参列したけれど、その中で泣いている生徒は一人もいなかった。

それどころか、隙を見つけてはスマホを取り出しお役立ちアプリを起動している生徒が大半だった。

葬儀場での作法についての質問から始まり、まったく関係のないことまで、質問をする生徒がたくさんいた。

「やっと終わったね」

葬儀会場から学校へと戻ってくると、どっと疲れが押し寄せてきた。慣れない緊張感の中にいたからだ。

「本当だね。さすがに二人分の葬儀ってなると人数も多かったよね」

佑里香が両腕を伸ばすストレッチをしながらそう言った。

カノンの時は質素な葬儀で、身内の人が数人いただけだった。

「今日はまだアプリを使ってないから、なんか変な感じ」

佑里香はそう言うとスマホを取り出した。

「葬儀会場で使わなかったの？」

「さすがに我慢したんだよ。麗衣は？」

「あたしは使っちゃった。葬儀場での作法と、今日の晩ご飯を聞いたよ」

「あ、あたしも晩ご飯何にするか聞いとかなきゃ」

そんなやりとりを遠くから見ていた昌一が足早にこちらへ向かってきた。

「なぁお前ら」

「え、何？」

心の準備ができていなかったあたしは、突然昌一に声をかけられてドキドキしてしまう。

「葬儀場に行ってまでアプリ使うとか、やっぱり変だろ」

真剣な表情でそう言ってくる昌一にあたしは首をかしげた。

「そう？　他の子たちもみんな使ってたけど？」

「だから、それがおかしいって言ってんだろ？　浩哉の親戚や想の親戚が、どんな目で俺たちのこと見てたかわかってるのか？」

なんだか怒っている様子の昌一にたじろいてしまう。

どうしてそんなにカリカリしているのだろう？

「そんなの知らないよ。昌一ってそんなに人の目を気にする性格だっけ？」

「性格とか、そういうんじゃないだろ？　時と場合を考えないのかよ」

「ねぇ、本当にどうして怒ってるの？」

そう言ったのは佑里香だった。

佑里香もさっきから戸惑った様子を浮かべている。

「なんだよお前ら……どうしたんだよ」

昌一は自分の意見が通らないことに苛立ちを感じているようで、頭をかきむしっている。

あたしには、どうして昌一が悩んでいるのかわからなかった。

「そうだ。どう解決すればいいかアプリに聞いてみようか」

あたしは、ひらめいて言った。

「は？」

昌一は唖然とした表情をあたしへ向けている。

「どんな質問でも必ず返事をくれるから大丈夫だよ。昌一の悩みだってきっと解決するから」

そう言ってスマホを取り出したのに、昌一がそれを払いのけていた。

スマホは音を立てて床に転がる。

「何するの⁉」

とっさに大きな声を上げてスマホを拾った。

画面を確認してみてもひび割れなどは見られない。

アプリもちゃんと起動する。

それを確認してホッと息を吐き出した。

「お前、自分がおかしいことに気がつかないのかよ」

昌一はあたしにだけ聞こえるように言って、自分の席へと戻っていったのだった。

家に戻ったあたしはすぐにベッドにダイブした。
さすがに葬儀と授業のあとは疲れが溜まっていた。
今日も宿題が出ていたけれど、そんなのあと回しで休憩したかった。
今日の昌一の様子を思い出すと胸の奥がモヤモヤしてくる。
あたしには昌一の気持ちがわからない。
理解したいと思えば思うほど、なぜか気分が悪くなった。
でも、このままじゃ昌一に嫌われてしまうかもしれないのだ。
それだけは、どうしても避けたかった。
「やっぱり、アプリに質問するしかないよね」
あたしは呟きながら上半身を起こしてスマホを手に取った。
この前だってメイクをしたあたしを昌一は褒めてくれたんだ。
あれであたしたちの距離はずいぶんと縮まった気がする。
だから次だってアプリに質問をすればきっとうまくいくはずなんだ。
「昌一の彼女になりたいの。どうすればいい?」
《ボクが解決してあげる！　ダイエットをすればいいよ！》
飛び跳ねるウサギの回答に、あたしは図星を突かれた気分になった。
今年に入ってから三キロほど体重が増えていて、気にしていたところだったのだ。

見た目はそんなに変わらなかったから見て見ぬふりをしてきた。
「えっと……どのくらい痩せたらいいかな？」
《ボクが解決してあげる！　一週間で三キロ痩せればいいよ！》
一週間で三キロ⁉
あたしはウサギからの回答にゆるゆると息を吐き出した。
そんなの無茶だ。
すごく太っている人なら一週間で三キロ痩せても問題ないかもしれない。
だけどあたしはまだ平均体重内にいる。
そんな状態で一週間で三キロ痩せようとしたら、相当な無理をしないといけない。
「無理だよそんなの。せめて一か月はかけないと……」
《ボクが解決してあげる！》
ただの独り言のつもりだったけれど、アプリが反応してしまった。
《ご飯を抜けばいいんだよ！》
ウサギは何食わぬ顔でそう言った。
ご飯を抜く……。
確かに、そんなことをすれば三キロくらいすぐに痩せるだろう。
でもダメだ。

そんな不健康なダイエットしちゃいけない。

そう思うのに、あたしの正常な思考回路は霧に覆いつくされてしまったかのように薄れて、見えなくなっていく。

「一週間で三キロ痩せなきゃ。ご飯を抜けば成功する。そうしたらきっと、昌一はあたしと付き合ってくれる……」

あたしはブツブツとそう呟き、そしてニヤリと笑ったのだった。


その日からあたしのダイエットは始まった。

夜と朝は体調が悪いということにして誤魔化して、お弁当はちゃんと持って学校へと来ていた。

「あれ、今日ご飯は？」

昼休憩になって美世に聞かれたので、「今日は食べないの」と返事をした。

「どうしたの？」

「ちょっとダイエット。あ、お弁当は美世と佑里香で食べてくれないかな？」

そう言って机の上に自分のお弁当箱を広げた。

お昼の匂いがするから、早く教室から出ていきたかった。

「ダイエットって……。ご飯は食べないとダメでしょ？」

佑里香もそんなつまらないことを言ってくる。

「いいの。あたしは一週間で三キロ痩せないといけないんだから、食べてる場合じゃないんだから」

「一週間で三キロ？　何かあるの？」

美世にそう聞かれたので、あたしは大きく頷いた。

「アプリに言われたから、やるんだよ」

あたしはそう返事をして、昼食の匂いから逃げるために教室から出たのだった。

ご飯の匂いが届かない中庭までやってくると、食べないことへの苦痛が軽減された気がした。

今のあたしに食べ物の見た目や匂いは一番の天敵になる。

ベンチに座って漫画本を読んでいると、自分がお腹が空いていることも忘れられて丁度いい。

だけど、問題は家に戻ってからだった。

一週間もご飯を抜けばさすがに病院へ連れていかれるかもしれない。

どうにかして食べているように見せかける必要があった。

「ねぇ、どうすればご飯を食べているように見せかけることができるかな？」

気がつけば漫画を置き、スマホでお役立ちアプリを起動していた。

その間の記憶がほとんどなかったけれど、画面に写っているウサギを見ていると気にならなくなった。

《ボクが解決してあげる！ おにぎりを作ってもらって、部屋に持ってきてもらうといいよ！ おにぎりはゴミ箱に捨てて、お皿だけを返すんだ》

「あぁ〜そっか。やっぱり頭いいなぁ」

何度も頷いてそう呟く。

それじゃダイエットじゃなくて、引きこもりみたいだ。

いつものあたしならそう感じていたかもしれない。

だけど今のあたしには、とにかく痩せないと。

痩せれば昌一の彼女になれる。

それしかなかった。

スマホ画面の中で飛び跳ねるウサギはいつでもあたしの味方だ。

「ふふふっ……」

あたしは画面を見つめてほほ笑んだのだった。

気がつく

無理なダイエットを始めて三日が経過していた。

三日間何も食べていないと、体がどんどん軽くなっていく気がする。

一日目は空腹で仕方なかったけれど、今はその感覚も薄れていた。

家の中での食事はアプリが助言してくれたとおり、部屋の中で行うことにした。

もちろん、一口も食べていない。

両親はあたしの行動を不審がっているけれど、とにかく食べなければいいだけのことなのだ。

これほど簡単なダイエット方法、どうして今までやってこなかったんだろう。

「麗衣、ちょっと痩せた？」

教室へ入ると、昌一がすぐに声をかけてきてくれた。

あたしはうれしさを押し込めて「そうかな？」と、首をかしげてみせた。

本当はこの三日間で二キロ以上の減量に成功している。

顔についた肉もスッキリしてきていた。

昌一がすぐにその変化に気がついてくれたことが、うれしかった。

「もしかしてダイエットとか？　最近昼食ってるの見てないけど」

その言葉にあたしは目を丸くして昌一を見た。

まさか、昌一がそこまであたしのことを見てくれているとは思っていなかった。

「ちょっと体調が悪いの。あたしのこと心配してくれてるんだ？」

うれしくてそう聞くと、昌一は照れたように頭をかいた。

「そりゃ、ちょっとは気にするだろ」

「ありがとう昌一」

「無理にとは言わないけど、しっかり食えよ」

そう言ってあたしの頭を撫でる。

その感触にあたしはニヤケが止まらない。

ほらね！

あのアプリの言うとおりにしていれば昌一はあたしを見てくれるんだ！

大好きだという気持ちが今にも溢れ出してしまいそうだ。

でも……。

あたしは相変わらず男子生徒たちに囲まれている沙月へ視線を向けた。

あたしのライバルは沙月だ。

このくらいのことで調子に乗っていたら、すぐに昌一を取られてしまうだろう。

ダイエットはもうすぐ成功しそうだから、次の手段をアプリに質問しなきゃいけない。

そのくらいしないと、あたしと沙月では差がありすぎるのだ。

「どうした？」

黙り込んでいるあたしを見て昌一が声をかけてきた。

「ううん、なんでもないよ？」

あたしはそう答えて笑顔を浮かべる。

待っててね昌一。

あたしは絶対に沙月よりもいい女になるからね……！


その日の夜、体重を計ってみると見事三キロ減に成功していた。

水分以外とっていないのだから当たり前なのだけれど、あたしはその数字を見て天にも昇るような気分だった。

これで一歩、昌一に近づいたことになる！

鼻歌を歌いながらキッチンへ向かうと、お母さんが明日のお弁当の下ごしらえをしているところだった。

甘い玉子焼きのいい香りがしてきてお腹が鳴った。

ダイエットは成功したし、もう食べていいんだよね？

ゴクリと唾を飲み込んで料理中のお母さんへ近づいていく。

「どうしたの？」

「玉子焼き、おいしそうだなって思って」

「一つ食べる？」

そう言い、焼き立ての玉子焼きをお皿に載せてくれた。

途端に空腹感が押し寄せてきたあたしはアツアツの玉子焼きを手でつかみ、そのまま口に放り込んでいた。

甘く味つけされた玉子が口の中いっぱいに広がっていく。

食べ馴れているハズのお母さんの料理に、思わず涙が出そうになった。

「お腹空いてるなら炊飯器にお米が残ってるわよ？」

「食べる！」

あたしは勢いよく返事をしていたのだった。

こんなに食べたらまた太ってしまう。

頭の中でそうわかっていても、止まらなかった。

晩ご飯の残りをオカズにして二杯もご飯を食べてしまった。

久しぶりに満腹になったあたしは満足してベッドへと寝転んだ。

「少しくらいいっか。太ったらまたダイエットすればいいんだから」

自分自身に言い訳をして、スマホを取り出す。

それよりも次は何をすればいいか聞かないといけない。

「ダイエットの次は何をすればいい？」

アプリを起動して、そう質問をした。

《ボクが解決してあげる！　とりあえず、食べたものを吐いてきなよ！》

ウサギからの回答にあたしはその場で固まってしまった。

ウサギはジッとこちらを見つめていて、その目はすべてを見透かしているように見えた。

「で、でも。もう三キロ痩せたんだし」

《ダメだよ。やっと三キロ痩せたのに、大量に食べたら意味ないよ》

ウサギの言うことは、もっともだった。

でも、吐くなんて……。

躊躇していると、スマホ画面がグニャリと歪んだように見えた。

強いメマイを感じて平衡感覚が失われ、吐き気を感じた。

トイレへ向かうためにベッドから下りたけれど、真っ直ぐ歩くことができない。

間に合わない！

そう感じたあたしはゴミ箱に顔を突っ込んで嘔吐した。

たくさん食べたせいで気持ち悪さがなかなか抜けない。

気分が悪いせいで涙が滲んできた時、スマホの画面が視界に入った。

ウサギはまだそこにいて、こちらを見て笑っているように見えたのだった。

《ボクが解決してあげる！》

ひとしきり吐いてベッドへ戻った時、突然ウサギが言った。

「え……？」

あたし、今何も質問してないよね？

そう思い、おそるおそる画面を確認した。

《目を大きくすればいいよ！》

ウサギの言葉にあたしは瞬きをした。

どうやら、さっきの回答の続きを教えてくれたみたいだ。

あたしが吐き終わるのを待っていたかのようなタイミング。

「目を大きくって、まさか整形？」

メイクやダイエットは理解できるし、自分でできる範囲だ。
でも、整形はそんなに簡単なことじゃない。
お金も時間もかかることだった。
《自分で整形すればいいんだよ！》
ウサギは続けて言った。
自分で……？
疑問を感じた時、机の上にあるペン立てに視線をやった。
そこには普段使っているハサミが置かれている。
「まさか、ハサミで……？」
《ちゃんと消毒すれば大丈夫！》
ウサギの言葉にあたしはゴクリと唾を飲み込んで机へと近づいた。
ハサミで目の端を切るなんて、そんなことできるわけがなかった。
でも、これをすればきっとあたしはかわいくなる。
沙月に負けないくらいになって、昌一と付き合うことができる。
次第に、あたしの頭の中は昌一と付き合うこと一色に染まっていく。
「これを使えば……」
そう呟き、まるで誰かに操られているようにハサミを手にした。

鏡の前に立ち、刃を自分へと向ける。
恐怖心はなかった。
それよりも早く整形したいという気持ちが大きく膨らんでいく。
きっと大丈夫だよね。
だって、アプリがやれって言ったことだもん。
きっと、上手くいくよね？
あたしはハサミの先端を自分の目じりに突き立てたのだった……。

激しい痛みが全身を駆け抜けていた。

流れた血が目の中に入り、目の前が真っ暗になる。

ハサミの先端には血がついていて、自分が何をしたのか物語っていた。

しかし……。

「もう片方も切らないとね」

あたしはウキウキとした気分で呟き、残っているほうの目にハサミを向ける。

痛いけれど、真っ暗で何も見えないけれど、これで沙月に勝つことができると思うとどうでもよかった。

もしかしたら、今、沙月に群がっている男子たちもあたしに来るかもしれない。

「あははっ……！」

こんな楽しい気分になったのはいつぶりだろう？

メイクをするだけで、ご飯を抜くだけで、目を切るだけで、こんなに幸せな気分になれるなんて思っていなかった。

「あははははは！」

あたしは大声で笑いながら、目じりを切り裂いたのだった。


麗衣！　麗衣！

あたしを呼ぶ声で目が覚めた。

まだ意識は朦朧としていて、ここがどこだかわからない。

けれどあたしを呼ぶ二つの声にはちゃんと聞き覚えがあった。

「美世……佑里香……？」

あたしは掠れた声で二人の名前を呼ぶ。

すると、二人があたしの視界の中へと入ってきた。

場所を移動してくれたみたいだ。

「麗衣！　よかった目が覚めて！」

美世が泣き顔でそう言ってきたので、あたしは首をかしげた。

でも、目覚めたばかりで上手く動くことができない。

瞬きをして周囲を確認してみると、どうやら病院であることがわかった。

あたしの腕には点滴の針が刺さっている。

「傷が少しだったから、すぐに目を開けれたんだよ？」

そう言う美世にあたしは、また首をかしげる。

傷……？　そう思い、ハッと息をのんだ。

そうだ、あたしは自分で自分の目じりを切開したんだ。

今よりかわいくなるために。

沙月に勝つために。

「鏡を……！」

「え？」

あたしの言葉に美世はキョトンとした表情を浮かべている。

「早く!!」

怒鳴るように言うと、佑里香がベッドの横の引き出しから手鏡を取り出してくれた。

両親が持ってきてくれていたみたいだ。

あたしは手鏡を奪い取るとすぐに自分の顔を確認した。

両目の端にガーゼが当てられていて、イマイチわからない。

でもここは病院だ。もしかしたら縫合されているかもしれない。

せっかく切ったのに元に戻されていたら意味がない！

焦る気持ちから、あたしはガーゼを引きはがしていた。

「ちょっと麗衣!?」

美世が止めようとするけれど、あたしはそれを振り払った。

そして鏡を確認してみると……。

傷口はしっかりと塞がれてしまっていたのだ。

それを見た瞬間、絶望感が溢れ出してきた。

「なんで……？　せっかく目を大きくしたのに、なんで元に戻すの⁉」

痛みに耐えきれず気絶してしまったのが悪いの？

病院に運び込まれることがなければ、上手くいっていたの？

「落ちつきなよ麗衣！　なんでこんなことしたの？」

佑里香があたしの手を握りしめてそう聞いてきた。

「だって……目を大きくすればかわいくなれるから……！」

あたしの返事に佑里香は戸惑った様子で首をかしげた。

「麗衣は自分の見た目なんて気にしてなかったじゃん。昌一のため？」

「そうだよ。当たり前じゃん！　あたしのライバルは沙月なんだよ⁉」

「もしかして、またアプリに質問したの？」

今度は美世が聞いてきた。

美世はすごく真剣な表情をしている。

「そうだよ。だって、あのアプリの言うとおりにすれば全部上手くいくじゃん！　メイクもダイエットも、昌一はすぐに気がついてくれたしさ！」

そう言うあたしをしり目に、美世は引き出しからあたしのスマホを取り出していた。

「もうやめようよ麗衣。こんなのおかしいよ」

美世が震える声でそう言い、あたしのスマホを操作している。

何をしているの……？

ここからじゃ画面は見えない。でも、嫌な予感がした。

佑里香が青ざめた顔で美世のことを見ている。

「何してるの？　それ、あたしのスマホじゃん」

「わかってる。でも、自分で消すことができないなら、あたしが消してあげるから！」

消してあげるから……？

消シテアゲルカラ。消シテ……。

次の瞬間あたしは美世の頬を思いっきり殴りつけていた。

美世が横倒しに倒れ、スマホが床に叩きつけられる音で我に返る。

「あ……」

美世を殴った右手がジンジンと熱を持ち、痛む。

「美世、大丈夫？」

呆然としていた佑里香が我に返り、美世を助け起こした。

美世は顔をしかめて頬を押さえている。

そして、信じられないといった様子であたしを見つめてきた。

「ご、ごめん美世。あたし……」

美世はあたしの言葉を聞かず、病室を出ていってしまったのだった。

「……わかるよ、麗衣の気持ち」

美世がいなくなった病室内、佑里香があたしのスマホを拾ってそう言った。

「え？」

「あたしも今、あのアプリを消されたらどうなるかわからない」

「佑里香……」

「あたしたち、もう戻れないところまで来てるのかもね」

翌日には、あたしは退院していた。

両親にはどうしてあんなことをしたのかとしつこく聞かれたけれど、本当のことは言えなかった。

佑里香が言うとおり、あたしたちはもう戻れないところまで来ているんだろうか？

美世のことを殴ってしまうなんて思ってもいないことだった。

今思い出してみても、自分の行動が信じられない。

学校へ行くことが憂鬱だったけれど、美世との関係を無視していることもできず、あたしは学校へ向かっていた。

「おはよう……」

いつもより元気なくそう言って教室へ入ると、さっそく美世と視線がぶつかった。とっさにそらしてしまいそうになるが、グッと我慢して美世へ近づいた。

「美世、昨日はごめん。あたしどうかしてた」

今なら冷静になってそう言うことができる。

でも、昨日は違った。

アプリが消されるかもしれないと思った瞬間から頭の中は真っ白になり、何も考えられなくなったのだ。

「これを見て」

真剣な表情で美世は言うと、机の上に用紙を何枚か並べた。

「何これ?」

「あのアプリの利用者のレビューだよ。公式に書き込まれた低評価レビューは全部削除されてるけど、他のサイトを調べたら出てきたの」

美世に渡された紙を見てみると、確かにお役立ちアプリのことが書かれていた。

《中毒性が高い》

《洗脳される》

《利用者の生死を操っている》

その書き込みにあたしは眉を寄せた。

「何このレビュー。こんなの嘘でしょ？」

「わからない。でも、これは一人の書き込みじゃないみたい。複数人が同じことを訴えてる」

あたしは美世の言葉に返事ができなくなっていた。

今やどんなに些細なことでも全部アプリに質問している。

それがすでに洗脳されているということなんだろうか？

「洗脳されている本人はなかなか気がつけないけど、まわりから見たら明らかにおかしいんだよ？」

そう言われて昌一の言葉の数々を思い出す。

何度もあたしたちに警告を鳴らしてくれていた。

「でも……それだとおかしいじゃん」

「おかしいって、何が？」

「沙月はあたしたちより前にアプリを使ってたよね？ それなのに、沙月は平気そうじゃない？」

　そう言い、すでに登校してきている沙月へ視線を向けた。

　今日も数人の男子生徒たちと楽しそうにおしゃべりをしている。

「そういえば……」

　美世は小さな声で呟いた。

「でしょ？　あたしたちは沙月にアプリを教えてもらってから使い始めたんだよ？」

　もしもこのアプリに洗脳効果などがあるなら、沙月こそ頻繁にアプリを利用しているはずだ。

　でも、最近使っている様子はない。

「あたしみたいにすぐに消したのかもしれない」

　美世が思いついたようにそう言った。

「え？」

「あのアプリには洗脳効果がある。だけど、あたしみたいに体に合わない時があるのかも。沙月の場合も同じで、早い段階でアプリを消したとか」

　美世の言っていることが正しければ、沙月がアプリを使っていないもの納得できた。

　真相を知るために、あたしは席を立って沙月へと近づいた。

　男子生徒たちの間をかき分けて「ちょっと、話いいかな？」と、沙月に声をかけた。

「何?」

そう聞きながらも席を立とうとしない沙月。

自分に話があるならここですればいいという雰囲気だ。

隠れて話さなければならない内容ではないから、いいけれど。

「沙月が教えてくれたアプリのことなんだけど」

あたしがそう言うと、一瞬沙月の表情がひきつったように見えた。

けれど次の瞬間には、いつもどおりに戻っている。

あたしの気のせいだろうか?

「アプリがどうかした?」

「最近、沙月はあのアプリ使ってないよね? どうして?」

「どうしてって……使う必要がないからだよ」

沙月は視線を泳がせながら答える。

明らかに嘘をついている。

「みんなはこんなに使ってるのに?」

沙月の周囲に集まっていた男子生徒たちの手には、スマホが握られている。

きっと、沙月との会話の内容を質問したりしていたのだろう。

「そんなの個人の自由でしょ?」

沙月は苛立った様子で言った。やっぱり、何か隠しているみたいだ。

「沙月はもうアプリを消したんじゃないの？」

そう聞いたのは美世だった。

そして美世は自分の身に起こった出来事を沙月に説明した。

「あぁ〜、うん。そうだよ。あたしも美世と同じで気分が悪くなったからアプリを消したの」

沙月は美世の話に何度も頷いて言った。

本当だろうか？

今の反応は美世の話に乗っかっただけのようにも見えた。

「話はもう済んだでしょ？　どっか行ってくれない？」

沙月がそう言うと、男子生徒たちがあたしと美世の体を押しのけた。

「ちょっと……！」

文句を言うよりも先に輪の外へと押し出されてしまった。

これ以上、沙月に質問することは難しそうだ。

「仕方ないよ」

美世は溜め息まじりに言ったのだった。

それから、あたしは自分でアプリを消そうと何度か試みてみたけれど、やはり前回と同じような気分の悪さに襲われて消すことができなかった。

それどころか、消してしまうことに強い恐怖心を抱き始めていたのだ。

アプリを画面上から消したって、またインストールすればいい。

頭では理解しているのに、体がついていかなくなっていた。

「無理はしないほうがいいのかもね」

そんな様子のあたしを見て美世が言った。

「うん……」

「そういえば、佑里香はどうなんだろう？」

美世はそう言い、教室内を見回した。

佑里香は窓際に近づいて外を見ている。

「おい！　ちょっと見てみろよ！」

佑里香と同じように窓の外を見ていた男子生徒が声を上げた。

「なんだろう？」

首をかしげつつ窓へと近づいていくと、グラウンドでサッカーをしている二人組が見えた。

離れた場所からでもそれは卓治と成仁の二人だと、すぐにわかった。

二人とも足に包帯を巻いたまま走っている。

「何あれ。なんであんなことしてるの？」

誰かが焦った声で言った。

二人ともケガはまだ完治していない。

しかし、松葉づえも使わずに無理やり足を使っているのがわかった。

異様な光景の二人を見ていると、卓治が途中でこけるのが見えた。

ケガをしている足を抱きかかえうずくまり、起き上がれない状態だ。

「行ってみよう」

あたしはそう言い、教室を出たのだった。


グラウンドに出ると、すでに数人の生徒たちが集まっている状態だった。

卓治は再び立ち上がり、ボールを追いかけている。

「二人とも何してんの⁉」

グラウンドに入り声をかけるが、二人ともあたしに気がついていない。

一つのボールを追いかけて足を引きずりながら走っている。

こんなことをしてケガが長引けば、次の大会どころではなくなってしまうかもしれない。

「アプリだよ」

そう言ったのは佑里香だった。

「え？」

驚いて振り向くと、ベンチには二人のスマホが置かれていて、画面にはウサギが表示されていた。

「きっと、どちらが強いか決着をつけろって助言したんだよ」

佑里香はそう言い、なぜだか口もとに笑みを浮かべた。

「このアプリは止まらない。もう、止まることはないんだよ」

「どうしてそんなこと言うの？」

質問しながらも、奇妙に笑っている佑里香に恐怖を感じて、後ずさりをした。

「麗衣だってもう抜け出せないよ？　アプリを消すこともできないんだから」

「そうだけど、でも……」

どうにか反論しようとした時、卓治と成仁の二人が同時に崩れ落ちていた。

二人とも立ち上がるためにもがいているが、足があらぬ方向を向いてしまっている。

「誰か、救急車を呼んで！」

集まってきていた生徒の一人がそう叫び、周囲は物々しい雰囲気に包まれていったのだった。

知っていた

卓治と成仁の二人は救急車で病院へ運ばれた。

その時の様子を遠目から見ていると、二人の足は完全に逆を向いていたように見えた。

そんなになるまでグラウンドを走っていたなんて、普通じゃない。

救急車に乗せられる時だって、二人は「決着をつけたいんだ!」と、大きな声で叫んでいた。

アプリを使う前の爽やかな二人は、今はもうどこにもいなかった。

壮絶な光景を見てしまったあたしは、さすがに恐怖心を抱いていた。

あのアプリに頼っていると、最終的にあたしも命を落とすことになるんじゃないか?

そんな不安が湧き上がってくる。

「大丈夫か?」

そんな声がして顔を上げると、昌一があたしの机の前に立っていた。

「うん……」

返事をする声が、想像していた以上にか細い。

「顔色が悪いぞ。保健室に行ったらどうだ？」

昌一に言われたけれど、あたしは左右に首を振った。

「ねぇ、卓治と成仁の二人はアプリのせいであんなふうになったのかな？」

そう聞いてみると、昌一は驚いたように目を丸くした。

「お前、今さら気がついたのか？」

「え？」

その言葉にあたしは首をかしげた。

今の言い方だと、昌一は最初からあのアプリが危険だと知っていたように感じられたから。

「まぁ、俺もほとんど信じてなかったけど、あのアプリには洗脳効果があるらしい」

「え……？」

美世が見せてくれたレビューにも、そんなふうに書かれていたことを思い出した。

「だからアプリを使うなって言っただろ？」

「なんで昌一がそんなことを知ってるの？」

「なんでって、沙月から聞いたに決まってるだろ？　危ないから使わないほうがいいって」

その言葉にあたしは沙月へと顔を向けた。

沙月は、相変わらず男子生徒たちに囲まれて談笑している。

どういうこと……？

あたしは沙月にアプリを教えてもらったのに。

「まさか、沙月と二人で外を歩いてたのって……」

「あぁ。クラス中に広まったアプリについて話をしてたんだ。正常な判断ができなくなるから、絶対にダウンロードしないでって言われた」

「ちょっと待ってよ。沙月はアプリをダウンロードしてるよね？」

そう言うと、昌一は首をかしげてあたしを見つめた。

「危険だってわかってるんだから、ダウンロードなんてするわけないだろ？」

その言葉が、何重にもなって聞こえてきたのだった。

沙月は、もともとアプリの危険性を知っていた。

その上であたしたちにダウンロードさせたのだ。

きっと、クラス中がアプリの洗脳状態になることだって予測していたはずだ。

沙月自身はいったんアプリをダウンロードしてあたしたちに紹介し、そのあとすぐに消せば問題ない。

「ちょっと、どういうこと?」

あたしは昌一から聞いた話を美世と佑里香の二人に説明し、放課後になってから沙月を校舎裏へと呼び出した。

「何が?」

余裕の表情で首をかしげて聞いてくる沙月。

「お役立ちアプリのことだよ! 危険なものだって全部知ってたんでしょう!?」

「なぁんだ、バレたんだ? まぁ、今さらバレてももう遅いと思うけど」

沙月はそう言い、おかしそうな笑い声を上げた。

「あのアプリを使うと洗脳される。それは、ナツキが教えてくれたんだよ」

「ナツキ?」

美世が眉を寄せてそう言った。

聞いたことのない名前だった。

「イジメっ子を殺して自分も死んだ隣町の子」

そう言われて、あたしは目を見開いた。

「あの子あたしの友達で、よく相談に乗ってあげてたの。アプリはナツキ自身が勝手にダウンロードしてたけど、見ているうちにどんどん様子が変わっていった」

「もしかして、想みたいになった?」

おそるおそる聞いたのは佑里香だ。

「そうだよ。アプリに質問をして、イジメっ子を懲らしめるようになった。それは悪いことじゃないと思ってたけど……最終的にアプリはイジメっ子を殺すように指示を出した。

まさか、それまで実行するなんて思ってなかったし、アプリに言われたからって人を殺すような人いないでしょ? それなのに、ナツキは実行した」

沙月は一気に説明をして大きく息を吐き出した。

当時の様子を思い出すように、ときどき空中へと視線をなげかけている。

「ナツキが自殺したとき、真っ先にアプリのことを思い出したの。ナツキは消極的な性格で、とても人を殺せるような子じゃなかった。それを、アプリが変えてしまった」

「それから沙月はどうしたの?」

あたしが聞くと、沙月は頷いた。

「まず、アプリを自分のスマホにダウンロードした。普通に使うためじゃなくて、何が起こったのか分析するために」

そう言って、沙月は自分のスマホを取り出した。

画面上からお役立ちアプリのアイコンは消えている。

「アプリの画面をパソコンに取り込んでいろいろと調べてみたらね……サブリミナル効果があるものだってわかったよ」

「サブリミナル効果って……」

美世がそう呟いてあたしを見た。

動画に、目に見えない速度で写真などのメッセージが挿入されていることだ。

目には見えず、認識もできない。

けれど、ときどき現れる写真は潜在意識の中へ刷り込まれていく。

たとえば写真の中に『赤いバラは白い』と支離滅裂なことが書かれていたとしたら、あたしたちの目には赤いバラが白く見えるようになる。

「洗脳だよ」

沙月がフフッと笑い声を上げて答えた。

「洗脳されてアプリの言うことを忠実に聞く犬になる」

「それ……あたしたちに教える前から全部知ってたんだよね？」

そう聞く声が震えていた。

どうして沙月がそんなことをしたのかわからず、恐怖心が湧き上がってきた。

「そうだよ？　だからクラス中にバラまいたんだから」

沙月は、さも当然だというように言いきった。

絶望感が足の先から這い上がってくるのを感じる。

沙月のせいで死人がでた。

サッカー部の二人だって復帰できるかどうかわからない。

それなのに、どうしてこんなふうに笑っていられるのだろう。

「なんでそんなことしたの!?」

悲痛な声を上げたのは美世だった。

あたしたち三人の中で洗脳されていないのは、美世一人だ。

その、美世の目には涙が浮かんでいる。

「だって、あたしのためにアプリを使う男子たちがたくさんいるはずだもん」

沙月は泣いている美世を見ても何も感じていない様子で、ケロッとしている。

「みんなあたしのことを遠目から見るだけで、喜ばせるようなことを何もしてくれなかったでしょ？　そういうの嫌だったんだよね。あたしのこと置物だとでも思ってるのかな？」

「そんな……ただ、それだけで？」

震える声で美世が言う。

「そうだよ？」

「そのせいでみんなが危険な目に遭ってるのに⁉」

「そう言われても、仕方ないよね？」

仕方ない……？

たったそれだけで済ませるつもりだろうか？

「ちょっと待って、あたしが洗脳されなかったのはどうして？」

そう言ったのは美世だった。

「あぁ。ときどき体質に合わない人がいるみたいだね？　催眠術と同じでかかりやすい人と、そうじゃない人がいる」

あたしは強いメマイを感じた時のことを思い出していた。

あの時、あたしの体はアプリを拒絶していたのかもしれない。

だけど、ほんの一瞬だったから、気にせずにアプリを使用し続けてしまった……。

「最初のころ、火事や事故に遭遇したのは？」

こうなると、もう全部が偶然じゃないような気がしてきていた。

「さぁ？　さすがにそこまではわからないけど、あのアプリは普通のものじゃないよね。未来を見通してあたしたちに助言してくれたりするんだから」

沙月は肩をすくめてそう言った。

「でも、結果的に麗衣にとってはそれもプラスになったでしょ？」

沙月にそう言われてあたしは俯いた。

SNSに事故現場を投稿して一躍有名になったことは事実だった。

そして、日ごろから有名になりたいと思っていたことも、事実だった。

アプリはそれをくみ取って、あたしにチャンスを与えたのかもしれない。

「もう一つ、聞きたいことがある」

どうしてもわからなかったことがあった。

どうして、沙月は……。

「何？」

首をかしげて聞いてくる沙月は白百合のようにキレイだった。

風が吹き抜けていくと、艶やかで柔らかな髪がなびく。

「どうして昌一には危険なアプリだと教えたの？」

「あぁ、それはね……」

沙月が、花を咲かせるような笑顔になった。

こんな時なのに、その笑顔に見とれてしまいそうになる。

「昌一は、あたしを見ていなかったから」

「え……？」

「他の男子生徒たちはみんなあたしを見ているのに、昌一だけは……麗衣、あんたを見てたから」

一瞬、時間が止まった気がした。

「え……？」

もう一度、同じ言葉を口にしていた。

それしか出てこなかったのだ。

「もしかして気がついてないの？　あんなにわかりやすいのに？」

そう言って人を小ばかにしたように笑う沙月。

昌一があたしのことを好き……？

そんなふうに考えたことは今まで一度もなかった。

「麗衣をアプリ漬けにして、昌一が幻滅するように仕向けたの」

その言葉を聞いて、昌一が言っていたことがすべて理解できた気がした。

「どうしてそんなことするの⁉」

佑里香が言う。

「さっき言ったじゃん。昌一が麗衣のことしか見てないからだって」

「それだけのことで……？」

あたしの声が怒りで震えた。

あたしはようやく自分の昌一に対する気持ちに気がついて、努力していたところだったのに。

沙月は今までもずっと、昌一にいい顔をしていたのだろう。

「あたしはアプリをやめるように忠告したのに、麗衣はやめなかった。だから今こんなふうになってる。昌一にはそう伝えてあるよ？」

沙月の笑顔に、あたしの頭の血が上っていくのを感じる。

でも、ここで怒ったりしたらきっと沙月の思うツボだ。

これ以上沙月の好きにはさせない！

でも……どうすればいいのかわからなかった。

昌一の誤解を解くとか、どうにかしてアプリを消すとか。

頭では理解しているはずなのに、考えることができないのだ。

まるで脳にモヤがかかっているかのような感覚だ。

「アプリを使って対処法を聞こうよ」

そう言ったのは佑里香だった。

そうだ、アプリに聞けばいいんだ！

「あははは！　ここまで知ったのにまだアプリに頼らないといけないなんて、かわいそうな子！」

沙月の笑い声が聞こえてきて、あたしは下唇を噛んだ。

「あんたたちは、晩ご飯も自分じゃ決められなくなってるんでしょ？　もう手遅れだよ」

沙月はそう言い、あたしたち三人を残して校舎裏から立ち去ったのだった。

悔しいけれど、沙月の言うとおりだった。

あたしはもう、ちょっとしたことでもアプリに質問しなければ、解決できなくなっていた。

朝起きて、ベッドの上で茫然と座り込んだ。

着替えをしてご飯を食べて、学校へ行く。

理解しているはずなのに、本当にそれでいいのかどうかわからなかった。

「アプリなら、教えてくれるかも……」

そう呟いてスマホに手を伸ばす。

起動しっぱなしにしてあるお役立ちアプリへ向けて、これからあたしはどうすればいいのか質問した。

《ボクが解決してあげる!》

聞きなれた声を聞いた瞬間、自然と笑顔になっていた。

不安や恐れが一瞬にして吹き飛んでいく。

《学校へ行く準備をするんだよ！》
画面上で飛び跳ねているウサギを見て、うんうんと頷いた。
そっか。
学校へ行く準備をすればいいんだ。
あたしはようやくベッドから起上がったのだった。

気がつけばA組のほとんどの生徒があたしと同じ状態になっていた。

休憩時間に何をすればいいのか。

次の授業で何をすればいいのか。

友人と何を話せばいいのか。

自分で考えられていたことを、すべてをアプリに質問していくクラスメートたち。

その目はどれも淀んでいるように見えた。

このクラスの中で正常なのは、沙月と昌一と美世の三人しかいない。

「ねぇ、美世」

休憩時間になり、あたしは美世の机へと急いだ。

昨日沙月に言われたことを思い出すと、昌一とあたしの距離はずいぶんと離れてしまっているように感じられた。

それを、どうにか縮めたかった。

このままじゃ昌一を沙月に取られてしまうのも時間の問題だ。

「どうしたの？　目の下真っ黒だよ？」

美世が驚いた声を上げた。

どうにか自分の力で考えようと頑張ったら、普通の何倍もの体力を消耗してしまったのだ。

でも、そのおかげであたしは自分で一つの答えを導き出すことができた。

「あたしのスマホに入ってるアプリを消してほしいの」

勢いよくそう言った。

一気に言ってしまわないと、言葉が出てこなくなると思った。

「え？」

「お願い！」

そう言って、美世の手に自分のスマホを握らせた。

「……いいの？」

美世は視線を泳がせている。

入院中、美世の頬を叩いてしまったことが思い出された。

もう二度と、あんなことはしない。

「うん。そのスマホを持って、トイレの個室に入ってアプリを消して？　そうすれば、あたしは美世に手出しできない」

アプリが消えてしまう。

そう思うだけで全身に嫌な汗が噴き出してきて、死にたいとすら考えている自分がいる。

それでも、そんな自分を押し込めないといけなかった。

「わかった。麗衣がそこまで言うなら、協力する」

美世はそう言い、あたしのスマホを持ってトイレへと向かったのだった。

「返せ！　あたしのスマホを返せ‼」

気がつけば、あたしはトイレの個室を殴りつけるように叩き、叫んでいた。

他の生徒たちが何事かと見に来ていたけれど、そんなことも気にならなかった。

目を見開き、唾をまき散らしながら個室内にいる美世を怒鳴りつける。

「返せって言ってんだろ‼」

それでも出てこない美世に、今度はドアを蹴りつけた。

上履の汚れが白いドアにクッキリと刻まれる。

「返せよクソ女‼」

呼吸が乱れ、焦りと怒りと絶望が交互にあたしに襲いかかる。

消される。

あたしの大切なアプリが消される。

「なんで美世にアプリを消すように頼んだの？」

のんびりとした声が聞こえてきて顔を向けると、そこに立っていたのは佑里香だった。

「沙月言ってたじゃん。洗脳だって。自分で無理やり解けるようなもんじゃないでしょ？」

佑里香の手にはスマホが握られていて、画面上にはウサギがいた。

そのウサギを見た瞬間、あたしはゴクリと生唾を飲み込んだ。

「諦めなよ、麗衣。あたしたちはもう遅いんだよ」

そう言う佑里香の目はどこを見ているのかわからなかった。

焦点があっておらず、本心からその言葉を言っているのかどうかもわからない。

もしかしたら、ここへ来るまでにアプリに質問をしたのかもしれない。

そしてウサギはあたしを説得するように佑里香へ言っているのかもしれない。

そう思うと、少しだけ冷静になれる自分がいた。

やっぱりあのアプリは消さないといけない。

持っていてはいけないものなのだ。

その時だった。

カチャッと小さな音がして、個室のドアが開いた。

中から青ざめた顔の美世が出てくる。

あたしが手を伸ばすと、美世は怯えた様子で身をすくめた。

「怒鳴ってごめん、美世」

そう言い、美世からスマホを受け取る。

画面を確認してみると、お役立ちアプリはすでに消されたあとだった……。

あたしのスマホからアプリが消えた。

その喪失感は想像以上に大きくて、あたしはその後の授業を受ける気力すら失っていた。

あのアプリがないとこれから先どうやって生きていけばいいかわからない。

何をどう決めればいいのかわからない。

不安と恐怖で押しつぶされてしまいそうだった。

「もう一度ダウンロードすればいいじゃん」

机に突っ伏していたあたしに、佑里香がそう声をかけてきた。

あたしはゆっくりと顔を上げる。

「どうしてそんなこと言うの……」

美世に頼んでやっとアプリを削除できたのだ。

これであたしの洗脳は解けて、元どおりの生活へ戻れるはずだ。

「だって麗衣、苦しそうじゃん」

「そうだよ。ダウンロードし直しなよ」

後ろから声がして振り向くと、そこには三人の女子生徒が立っていた。

みんな知っているクラスメートたちなのに、目の色が灰色をしている。

「苦しいんでしょ？　もう一度ダウンロードしなよ」

今度は前方から声がして、あたしは息をのんで視線を向けた。

そこにも何人かのクラスメートたちが立ち、あたしを取り囲んでいる。

いつの間にこんなに集まってきたのだろう。

あたしは自分の背中に冷や汗が流れていくのを感じた。

「みんな……どうしたの？」

「ダウンロードすれば楽になるんだぞ？」

「ダウンロードしなよ」

「苦しいんでしょ？」

「もう一度アプリを入れたらいいんだよ」

四方を囲まれ、灰色の目をしたクラスメートたちが呪文のように繰り返す。

唖然としながらあたしは拒否する。

「く、苦しくなんかない！」

本当に？

「アプリなんて、あたしにはもう必要ない！」

本当に？

ダウンロードし直せば、楽になるのに……？

「嫌っ！」

あたしは悲鳴を上げて目を開けた。

目の前に広がっているのは保健室の風景だった。

全身に汗をかいていて、心臓もバクバクいっている。

「夢……？」

そういえば、美世からスマホを返してもらってからの記憶がない。

あたしはいつからここで寝ていたんだろう？

灰色の目をしたクラスメートたちを思い出すと、背筋が寒くなった。

あたしはまだアプリに洗脳されているから、あんなふうにして夢に出てきたみたいだ。
夢見は悪かったけれど、眠ったことで少し気分は落ちついていた。
少なくとも、アプリを消した時のような過度なストレスが消えている。
「やっと消せたんだ……」
ホッとしてそう呟いた時だった。
《消せないよ》
そんな声が聞こえてきてあたしは息をのんだ。
今の声、あのウサギの声に似ていたような……。
まさか、そんなハズはない。
美世に頼んでアプリは消したし、何よりあたしは今、質問なんてしていないんだから。
《ボクのことは、消せないよ?》
再び聞こえてきた声。
気のせいなんかじゃない！
その声はあたしのスカートのポケットから聞こえてきていた。
あたしはそっと右手をポケットへと入れた。
すぐに、馴れた感触のスマホが手に当たる。

あたしはゴクリと唾を飲み込み、それを握りしめた。
どうか、間違いであって。
こんなこと、あり得ないんだから……！
勢いよくスマホを取り出し、画面を確認した。
そこにはニタリと笑うウサギがいたのだった……。

どうやらあたしは、美世からスマホを返してもらったその時に、自分でアプリをダウンロードしていたようだ。

そんなこと、まったく記憶になかった。

「麗衣」

放課後の教室で一人呆然と座ったままでいると、昌一が声をかけてきた。

「え……？」

どうして昌一がここに？

そう思ったけど、上手く言葉にならなかった。

「忘れ物を取りにきたんだ。どうした？　元気ないな？」

そう言いながらも、昌一はあたしの側に立っている。

「あ、うん……」

今日の出来事が今でも信じられなかった。

アプリからの洗脳は本物だ。

「昌一、忘れ物って?」
「あぁ、うん」
昌一は曖昧にそう言ったまま、動こうとしない。
忘れ物とは嘘で、あたしのことを心配して戻ってきてくれたのかもしれない。
その優しさに触れた瞬間、なんの前触れもなく涙が溢れ出していた。
両手で顔を覆い、次々と出てくる涙に嗚咽する。
「どうしたんだよ、麗衣」
どうしてあたしはこの優しさに今まで気がつかなかったんだろう。
自分の気持ちにも、昌一の気持ちにも、もっと早く気がついていれば……。
《ボクが解決してあげる!》
アプリがしゃべった。
しかし、目の前にいる昌一はなんの反応も示さない。
あたし自身の脳裏に響いている声だと、すぐに気がついた。
《まつ毛を長くすれば、昌一はまたキミを見てくれるようになるよ!》
まつ毛……。
そんなことしたってどうにもならない。
もっと、深い場所から変えていかないと……。

その方法も、アプリに質問すれば答えてくれるんだろうか?

「……ごめん昌一、あたしもう帰るね」

そう言い、あたしは昌一を置いて教室を出てしまったのだった。

自室に戻ってきたあたしは、つけまつ毛を取り出していた。
以前メイク道具を買った時に、一応購入しておいたのだ。
「偽物だから、すぐに取れちゃうよね……」
つけまつ毛をケースから取り出して、ポツリと呟いた。
せっかくまつ毛が長くなっても、それは一瞬の出来事だ。
まつ毛が取れたら、昌一はあたしを見てくれなくなるかもしれない。
あたしは隣に置いているスマホを見つめた。
お役立ちアプリは起動された状態になっている。
「どうやったら簡単にまつ毛が長くなる?」
《ボクが解決してあげる! つけまつ毛を、本物の接着剤でつけちゃえばいいんだよ!》
あぁ、そっかぁ。
つけまつ毛用の接着剤でつけるから取れちゃうんだもんね。

あたしは立ち上がり、フラフラと机へ向かった。

確か、文房具の中に接着剤もあったはずだ。

前に、定規が割れた時に使った記憶があった。

「ほら、あった」

あたしは小さな接着剤を手に取り、ほほ笑んだ。

乾いたら透明になるタイプだから、しっかりとつけても問題ない。

ふふっ。

これで昌一は、またあたしを見てくれるようになる。

もしダメだったとしても、あたしにはアプリがついているから心配なかった。

あたしはつけまつ毛に接着剤を垂らしていく。

ツンッとしたシンナーの匂いが鼻腔を刺激するけれど、それも気にならなかった。

そして、それを自分の瞼へつけたのだった……。


翌日。

あたしの瞼は真っ赤に腫れ上がっていた。

「ちょっと、その目どうしたの!?」

「大丈夫だよ、お母さん」

あたしは自分の顔を鏡で確認し、鼻歌気分で家を出た。

瞼は腫れているし、ヒリヒリとした痛みがある。

それでもつけまつ毛はしっかりとくっついてくれていた。

これだけであたしの目は大きく見える。

「ちょっと、麗衣！」

教室へ入るや否や美世が驚いた声をかけてきたので、あたしは上機嫌で立ちどまった。

さっそく気がついてくれたんだろう。

「どうしたのその顔！」

「どう？　まつ毛が長くなったでしょ？」

「まつ毛って……いったい何したの？」

「つけまつ毛をくっつけたんだよ、普通の接着剤で。こうすれば外れないから、楽でいいよ！」

そう言うと、美世の顔はみるみる青ざめていく。

「早く取らないと、大変なことになるよ⁉」

「どうして取らないといけないの？」

あたしはアプリの言うことに従っただけだ。

アプリの言葉に従うと、いい結果が待っていることは美世だってわかっているはずだ。

「失明しちゃうかもしれないよ⁉」

「あはは！　美世ってば大げさなんだから」

瞼の腫れだって、きっと明日には治まっているだろう。

そうなれば、このまつ毛は完全にあたしのものだ。

「麗衣……」

美世が絶望したような表情を浮かべた時だった、教室の前のドアが勢いよく開いて一人のクラスメートが入ってきた。

「なぁ！　今先生に聞いたんだけど、佑里香が死んだんだって！」

早口でそう言う男子生徒に教室中が静まり返った。

あたしと美世は目を見交わせる。

佑里香が死んだ？

そんな連絡貰ってない。

「変な冗談言わないでよね」

そう言ったのは沙月だった。

その一言で、緊張した教室内の雰囲気が緩むのを感じた。

「そうだよ、佑里香に怒られるよ?」
あたしは安堵してそう言った。
冗談にしても、言っていいことと悪いことがある。
「本当だって! 佑里香に連絡取ってみろよ!」
男子生徒が必死になってそう言うので、あたしと美世はスマホを取り出した。
いつものグループメッセージを開く。
最近はあまり使っていないので、会話も途切れたままだ。
《麗衣:佑里香、まだ学校来ないの?》
《美世:待ってるよ~?》
絵文字をふんだんに使ってメッセージを送信する。
こうしておけば佑里香が気がついた時に返事をしてくれるはずだ。
でも……。
これから先、二度と佑里香からメッセージが送られてくることはなかったのだ。

第四章

食べ続ける

【佑里香side】

あたしがアプリにその質問をしたのは、麗衣がアプリを削除した日だった。

麗衣は結局再びアプリをダウンロードし直していたけれど、それでよかったんだとあたしは思う。

最近の麗衣は昌一と付き合うためにいろいろと努力を始めていて、その結果スリムにもなった。

こんないいことづくめなのに、アプリを消してしまう意味がわからなかった。

「あたしも、アプリに質問すれば勝也と復縁できるかもしれない……」

自室で、勝也と撮った写真を眺めていたあたしはポツリと呟く。

勝也との別れは本当に辛くて、振られてからさらに体重が落ちてしまっていた。

自分の姿を鏡に映してみると、骨と皮だけのブサイクな女が見える。

麗衣と美世はあたしのことを心配して大丈夫だと言ってくれているけれど、徐々に自分の姿が醜くなっていることを、あたしはちゃんと理解していた。

「ねぇ、どうやったら太れる？」

あたしはアプリを起動して質問した。

《ボクが解決してあげる！　たくさん食べればいいんだよ！》

その回答にあたしため息を吐き出した。

「食べられないの。食べすぎたらすぐに吐いちゃうし」

《ボクが解決してあげる！　それでも食べ続けるんだよ！　吐きそうになったら口を塞いで我慢しよう！》

そんな……。

一瞬そんなことはできないと感じたが、確かに我慢すればその分、脂肪になってくれる。

「わかった。やってみる！」

それからあたしはキッチンへ向かい、冷蔵庫の中からヨーグルトやゼリーなどすぐに食べられるものを探して自室へと戻ってきた。

両親はすでに眠っている時間だから、こっそりと音を立てないように移動する。

ヨーグルトなどは簡単に喉を通っていくが、それでも量が多いとなかなか食べきることができない。

あたしはペットボトルの水で流し込みながらどうにか食べ進めた。

普段は一日一つしか食べないヨーグルトを、六つも平らげてしまった。

お腹はパンパンでもう何も欲しくないけれど、続けてゼリーに手を伸ばす。

頑張って食べれば、その分あたしだってキレイになれる。

《まだまだ足りないよ！》

アプリはまるであたしの行動を見ているかのように、声をかけてくる。

用意してきたゼリーを五つすべて平らげた時、さすがに吐き気を感じた。

あたしは口を手で押さえ、必死に胃から戻ってこないように何度も唾を飲み込んだ。

ここで吐いてしまったら努力が水の泡だ。

《まだまだ足りないよ！》

「……わかってるよ」

たったこれだけじゃ太れない。

あたしは、もっともっと、普通の人の何倍もの量を食べないと、脂肪になってくれないんだ。

あたしはリビングへ向かうと、買い置きをしているお菓子を両手に抱えて自室へと移動した。

脂っこいスナック菓子や甘いチョコレート。

それらは見ているだけで胸やけを起こしてしまいそうだった。

あたしはスナック菓子の袋を二つ破り、同時にチョコレートの封も開けて中身を鷲掴みにした。

そのまま両手を使ってガツガツと口に運ぶ。

おいしいはずのお菓子はちっともおいしくなくて、ともすれば吐いてしまいそうになる。

口の中にパンパンに入れたお菓子を水で一気に流し込み、再びお菓子に手を伸ばす。

三十分ほどその作業を続けていると、ようやくお菓子の袋が空になった。

お腹は今にもはちきれてしまいそうで、終始ムカムカしている。

「このくらいでいい？」

《全然足りないよ！》

「そんな……」

ここまで頑張っても足りないなんて……。

半分絶望的な気分になったが、あたしはすぐに気を取り直した。

麗衣はメイクをしたりダイエットをしたり頑張っているけれど、あたしはただ太ればいいだけなんだ。

そう考えると、とても簡単なことに思えた。

《もっと食べて！　まだまだ足りないよ！》

言われるがままに口に運ぶ。

明日の朝食になる予定の菓子パンも、炊飯器の中に残っていたご飯も、調理していない野菜も。

家の中にある食べ物という食べ物をすべて口に放り込んでいく。

これで勝也とよりを戻すことができる。

これで勝也とよりを戻すことができる。

これで勝也とよりを戻すことができる。

気がつけば、あたしは笑っていたのだった。

偶然⁉

佑里香が死んだのは夜中の間だったらしい。

いつもどおり自室で眠っていたはずの佑里香が、朝になっても起きてこない。

心配した両親が確認しに行ってみると、佑里香はすでに亡くなっていたらしい。

「食べすぎだってさ」

教室内のどこから、そんな声が聞こえてきた。

そう、佑里香の死んだ理由は食べすぎだった。

普通ならお腹を壊して終わるはずが、佑里香は自分から嘔吐しないように我慢をしていたらしい。

トイレには行かず、一晩中食べ続けていたようだと、佑里香の両親から聞いた。

「やせ気味だったことは気にしてたけど、そこまでするなんて……」

真っ赤に充血した目で美世が言った。

佑里香の葬儀から三日が経過していたけれど、一番仲がよかったあたしたちは簡単には立ち直ることができないままだ。

「……もしかしたら、アプリに質問したのかも」

あたしはそう呟いた。

もしかしなくても、そんな無謀なことをするなんてアプリのせいだとしか思えなかった。

佑里香は食べすぎた結果、食べ物が喉に詰まって死亡したのだから。

自分では止めることができなかったんだろう。

佑里香はスタイルが原因で勝也くんに振られているし、多少の無茶はしそうだった。

もしかしたら、女らしいスタイルを手に入れて勝也くんを見返すつもりだったのかもしれない。

今となっては、もうわからないけれど……。

「それ、本当か？」

その声に振り向くと、昌一が立っていた。

昌一は悲痛な表情を浮かべている。

「昌一……」

「お前の、その日もアプリのせいか？」

そう聞かれてあたしは自分の瞼に触れた。

よくなると思っていた腫れは、日に日に悪化していっている。

「昌一、どうしたらいいと思う？　このままじゃクラスが崩壊しちゃうよ！」

美世がすがるようにそう言った。

「何もかもがアプリのせいだなんて、俺は思わない。結局心の弱さも関係してると思う」

その言葉には突き刺さるものがあった。

自分が強くあれば、洗脳されずに済んだのだろうか？

でも、誰にだって心に隙はあるはずだ。

怠けたい気持ちや楽をしたい気持ち、自分だけ幸せになりたいと願う気持ち。

そういう隙にこのアプリは入り込んでくるのだ。

「そんなこと言ってももう遅いよ。みんなダウンロードしちゃってるんだから！」

クラス内を見回してみると、みんなスマホを片手に持っている。

それがA組では普通の日常になりつつあった。

「アプリを制作している会社に行ってみるのはどうだ？」

昌一の提案にあたしは目を見開いた。

「会社へ行けば、どうしてこんなものを作ったのかわかるだろ。もしかしたら、解決方法もわかるかもしれない」

「そう……だよね……？」

それは、絶対にアプリが教えてくれることのない意見だった。

昌一のおかげで一筋の光が見えた気がした。

アプリの制作会社まで行くなんて、思いもつかなかったことだ。

「それならあたしも一緒に行く！　これ以上被害を増やしたくないもん」

美世がそう声を上げた。

あたしも同じ気持ちだった。

そして普通の生活に戻りたい。

一刻でも早く……。


アプリの制作会社は最寄りの駅から十個目の場所にあるらしい。

あたしと美世と昌一の三人は学校を早退して電車に揺られていた。

窓から見える街並みはだんだん建物が少なくなっていき、田んぼや畑が見え始め、一駅の距離が長くなる。

その場所へ到着した時には、太陽が西へ沈み始めていた。

「意外と田舎だな」

駅を降りて歩きながら昌一が呟く。

こんな理由で来ていなければ、田舎の風景をもっと楽しむことができたのだろうけれど。

あたしたちは目的を果たすために足早に住所に書かれているビルへと急いだ。

周囲に高い建物はすくないから、すぐに見つけられそうだ。

「あ、しまった」

歩いている途中、昌一はそう呟いて立ち止まった。

ポケットに手を突っ込んで何か探している。

「どうしたの？」

「スマホを落としてきたみたいだ」

「えぇ？」

「電車の中で使って、忘れてきたのかもしれないし……」

電車はすでに発車してしまっているから、取りに戻るのは難しい。

誰かが届けてくれていればいいけれど。

「まぁいいか。地図は美世が見てくれてるしな」

時間を無駄にしたくないのか、昌一はそう言って再び歩き出した。

「ここじゃない？」

スマホで地図を確認して歩いていた美世が、古いビルの前で立ち止まった。

三階建てのビルで外壁は劣化し、あちこちひび割れている。

カーテンがつけられていない窓は割られ、そこから中を覗いてみると壁にスプレーで落書きされているのがわかった。

デスクやイスなどは横倒しになり、散乱している状態だ。

「何これ、人がいないじゃん」

あたしは顔をしかめて言った。

それどころか何年も使われていないようで、床には埃が積もっている。

「でも、ここで住所は合ってるみたいだし……」

美世が困ったように言った。

「会社は二階か三階にあるもかもしれない。行ってみよう」

昌一がそう言い、むき出しになったコンクリートの階段を上っていく。

二階、三階は通路の左右にドアがたくさんあり、アパートのようになっている。

上の階は住居だったのかもしれない。

「誰もいないね……」

ビルの中を歩いていても、コトリとも音がしない。

ひび割れや汚れもひどくて、とても人が住める状態ではなかった。

念のために住居のドアを一つずつ開けようとしてみるが、どこも厳重に鍵がかけられている状態だ。

「ここじゃなかったのかな……」

美世が呟く。

「いや、偽物の住所を載せてるだけかもしれない」

昌一の言葉にあたしは頷いた。

こんなアプリを作るくらいだから、本当の住所は載せないかもしれない。

でも、そうなるとあたしたちに打つ手はなくなるのだ。

「せっかくここまで来たけど、無駄だったかもな……」

昌一がそう言った時だった。

《ボクが解決してあげる!》

そんな声が聞こえてきてあたしたちは立ち止まった。

「今の麗衣のスマホか?」

昌一がそう聞いてきたので、あたしは左右に首を振った。

今日はアプリを起動していない。

「じゃあ、どこから……?」

一番後ろを歩いていた美世がゆっくりと振り向く。

後方には住居用のドアが並んでいて、とくに変なところは見られない。

「ドアの鍵は全部閉まってたよな……?」

昌一はそう言いながらもう一度廊下を進んでいく。

あたしもそれにならい、ドアを確認しながら奥へと進む。

その時だった……。

昌一が一番奥のドアに手をかけたとき、ギィィと錆びた音が響いてドアが開いたのだ。

「え、なんで……」

思わず呟く。

さっき確認した時は確かに鍵がかかっていた。

「入ってみよう」

青ざめているが、昌一がしっかりとした足取りで進んでいく。

「美世、大丈夫?」

美世の顔はひどく青ざめていて、今にも倒れてしまいそうに見えた。

「うん。昌一を一人で行かせるわけにはいかないもん」

あたしと美世は手を握り合って昌一のあとに続いた。

手前にキッチンがあり、トイレとお風呂に続くドアがある。

奥へ向かうと、そこは六畳ほどの和室になっていた。

畳は劣化し、あちこちが黒ずんでささくれ立っている。

少し歩くだけで床はギィギィと嫌な音を立てた。

そんな部屋の奥に、ソレは置かれていた。

《ボクが解決してあげる！》

いつもの声で話しかけてくるのは、汚れたウサギのぬいぐるみだった。

「何これ……」

あたしたち三人はウサギのぬいぐるみを取り囲むようにして立ち止まった。

ウサギの右目だったはずの黒いボタンは、糸がほつれて垂れ下がっている。

腕も足も今にも千切れてしまいそうで、腹部からは綿が飛び出している。

「なんでこのウサギがここに……？」

そう呟き、あたしはぬいぐるみに手を伸ばした。

ウサギの布は湿っぽくて、触れただけで埃が舞った。

もうずいぶんと昔からここに置かれているのだろう。

ウサギはジッとあたしを見つめているように見えた。

「おい、何か書いてあるぞ」

あたしがウサギを持ち上げた時、昌一がそう言った。

「え？」

「ウサギのタグに名前が書いてある！」

そう言われてぬいぐるみをひっくり返してみると、シッポの横につけられたタグを見つけた。

それも茶色く変色していたけれど、黒いマジックで書かれた文字をかろうじて読み取ることができた。

「美世……?」

あたしは書かれている文字をそのまま読み上げた。

美世。

確かにタグにはそう書かれているのだ。

あたしは息をのみ、隣に立つ美世へ視線を向けた。

こんなのただの偶然だ。

美世なんて名前はいくらでもある。

しかし、不穏な雰囲気はぬぐいきれなかった。

美世は無表情でジッとウサギのぬいぐるみを見つめている。

「まだあったんだ。このぬいぐるみ」

美世は小さな声で呟く。

まるで、このぬいぐるみを知っているような言い方にあたしは目を見開いて美世を見た。

「それって……」

あたしは途中で言葉を切り、ゴクリと唾を飲み込んだ。

聞かなきゃいけないのに、なかなか次の言葉が出てこない。

「どういうこと……？」

どうにかそう聞いた時、またウサギがあのセリフを言った。

何かに反応して声が出るようになっているみたいだ。

「この子の名前はウサ吉さん。あたしがつけたの」

そう言い、美世はあたしの手からぬいぐるみを取り大切そうに抱きかかえた。

「それ、美世のぬいぐるみなのか？」

昌一が聞くと、美世はぬいぐるみに視線を落としたまま頷いた。

「あたしが小学校三年生になるまで、ずっと一緒にいた。でも、途中から離れ離れになったの。あたしが、施設に入ったから」

美世の言葉にあたしは唖然としてしまった。

美世が施設で育ったなんて、聞いたことがなかったから。

「ずっと、この家にいたんだねウサ吉」

《ボクが解決してあげる！》

その言葉に美世はクスッと笑い「懐かしいなぁ」と言った。

「美世、どういうこと？　この場所のことも知ってるの？」

「もちろんだよ。あたしが小学校三年生まで暮らしていた家なんだから、忘れるわけないじゃん」

美世の言葉に、あたしは後ずさりをしていた。

美世は以前ここに住んでいた？

そしてアプリの住所はここ……。

こんなの、偶然だとは思えなかった。

「美世、どういうことか教えてくれ」

昌一がそう言うと、美世はようやくぬいぐるみから視線をあげた。

「いいよ……？」

美世はそう言うと、ゆっくりと口角を上げて笑った……。

美世の過去

「あたしが産まれたのはこの家だった。畳の上に、直接産み落とされたんだって」

美世は部屋の中を見渡して言った。

今どき珍しく自宅出産だったようだ。

「その時から、あたしへの洗脳は始まってたの」

「洗脳……？」

あたしは眉を寄せてそう聞き返した。

「そう。あたしは小学校へ上がるまで一歩も家の外へ出たことがなかった。ずっと家の中だけで生きてたんだよ」

美世はそう言いながらぬいぐるみで遊び始めた。

ぬいぐるみを畳の上で歩かせるその姿は、幼い少女のようだった。

「あたしは病気だから、少しでも外へ出ると死んでしまう。両親からそう聞かされてた」

そう聞いた瞬間、幼いころの美世が見えた気がした。

『美世は体が弱いから、外に出られないの。その分、家の中でお父さんとお母さんが遊んであげるからね』

『うん』

幼い美世は両親の言葉になんの疑問も抱かず、ただ頷く。

「外へ出たことがないから、両親の言葉が本当かどうかなんて疑いもしなかった。あたしは毎日家の中にいて、両親の言うことに従うだけだった」

当時を思い出したのか、美世はぬいぐるみをグッと強く握りしめた。

その拍子に腹部から一握りの綿が飛び出した。

「嘘……」

あたしは自分の口に手を当てて呟いた。

あたしと出会ったころの美世は元気いっぱいで、病気知らずな子だった。

美世の両親の言葉は、きっと全部嘘だったのだ。

「料理に掃除にお風呂掃除。あたしは五歳までにほとんど一人でできるようになってた。その代わり、他の子みたいに遊ぶことは知らなかった」

美世の言っていることは本当だろうか？

信じたいけれど、信じられない。

頭も心も、全然ついていかなかった。

けれどこの狭い部屋には、確かに美世の過去の記憶が染みついているようだ。部屋の中を見回してみると、幼いころの美世が父親に殴られているシーンが脳裏に浮かんできた。

『お父さんとお母さんの言うことが聞けないなんて、出来損ないの悪い子だ！』

『ごめんなさい！　ごめんなさい！』

幼い美世は畳の上にうずくまり、自分の体を守るようにして謝り続ける。

それでも暴力は止まらない。

うずくまっている美世の背中を、父親は何度も何度も蹴りつけた。

その光景は幻覚だと理解していても、目を塞いでしまいたくなるものだった。

『美世、お風呂の掃除は終わってるの？　そんなところで泣いてないで、さっさと働きなさい』

美世を守るべき存在の母親までも、美世のことを虐げていた。

何度も殴られて蹴られて、血を流している美世を見ても、母親の反応は薄かった。

それはまるで、汚いボロ雑巾でも見下ろすかのような目で、美世を見つめている。

『お母さん……』

『近づかないでよ、汚い。それより、早く掃除してきて』

美世が伸ばした手は簡単に払いのけられてしまった。美世はひとり絶望の淵に立たされながらも、両親の命令に従っていた。

ここでしか、生きていくことができないから。

外へ出たことがないから、助けてもらえることすら知らなかったのかもしれない。

そんな美世の過去に、あたしの胸はえぐられるようだった。

「でも、一度だけお父さんがプレゼントをくれたの。それが……」

美世の声に、あたしはハッと息をのんで我に返った。

目の前にはあたしがよく知っている美世がいる。

元気で明るい美世だ。

《ボクが解決してあげる！》

美世がふふっとうれしそうな笑い声を上げた。

「ぬいぐるみなんて見たことがなかったからすごくビックリしたよ。しかもしゃべるんだもん」

父親からもらった初めてのプレゼント……。

「でも、そんな洗脳生活も小学校に上がるとさすがにできなくなった。義務教育を受けるために、どうしてもあたしを外へ出さなきゃいけなくなったから」

美世の生活がガラリと変わったのは、そのころだったのだろう。

初めて外の世界を見た美世はいったい何を感じただろう。

「最初のころは友達が何を話していても理解できなかった。漫画もゲームもアニメもあたしは知らない世界だった。

でも、学校へ行くうちに友達がいろいろなことを教えてくれて、自分の生活がおかしいことに気がつき始めたの。そして小学校三年生のある日、ついに先生に相談した」

「それで、保護されたのか？」

昌一の言葉に美世は頷いた。

「施設に入って半年くらいで、運よく養子として貰われることになったの。それが、今の両親」

だから、あたしは美世が施設にいたことを知らなかったんだ。

あたしが知っている元気いっぱいの美世は、元の家族からの洗脳を解かれた姿だったんだ。

「美世とこのアプリは何か関係があるの？」

できれば違うと言ってほしかった。

ただの偶然だと思いたかった。

「あたしを養子にしてくれた人が、アプリ会社の社長なの」

美世の言葉にあたしの期待は一気に崩れ去っていった。

驚きと絶望で目の前がクラクラする。

「あたしは自分が受けてきたことを、今の両親に話した。そしたら、洗脳に興味を持ったみたいで、アプリを使って人を動かすことができるのか？　人は洗脳されたらどこまで残酷になれるのか？　そういうことを研究し始めた」

「じゃあ……」

あたしはそこまで言って、言葉を切った。

次の言葉を続けることができない。

「そうだよ。あたしもアプリ開発を手伝った」

美世はそう言ってほほ笑んだ。

「あの人たちはあたしにとって命の恩人だよ。こうして普通に学校へ行けるんだから」

美世からすればそうだろう。

だけど、あのアプリのせいで何人も死んでいるのだ。

「沙月があのアプリを知ってたことは意外だった。でも、そのおかげでアプリをクラス中に広げることができたんだよ。沙月には感謝しなきゃね」

「美世は、みんながどうなってもいいの⁉」

「そんなことは思ってないよ？　だからあたしは止めたじゃない。それでもアプリを使い続けたのは麗衣だよ？」

「それは……！」

確かに、早い段階ならアプリを消すことができたかもしれないけれど……。

「わざと吐く真似をして、アプリが悪いのかもって教えてあげたよね？」

「もしかして、あれは演技だったの？」

そう聞くと、美世は頷いた。

「そうだよ。あたしのスマホに入っているお役立ちアプリは洗脳効果がない、普通のアプリだからね」

「そんな！」

今さら教えてもらったってもう遅い。

あたしはもうアプリを消すことができないんだから！

「でもあのアプリは本当に役立つでしょう？　未来を予知して教えてくれるんだから」

「いくらAIでも、あそこまではできないだろ。他にも何かあるんじゃないのか」

昌一の言葉に、美世は頷く。

「そうだよ。あのアプリはすべてを見通せるアプリ。絶望を目の当たりにしたあたしの念が籠ってるからね」

「念って……。それなら、美世ならアプリを止めることができるんじゃない⁉　絶望を希望に変えてくれれば！」

「うん。できると思う。でもね、それじゃ洗脳効果が薄れるんだよ。人を操るのに絶望は必ず必要になるから」

「お願い美世！　このアプリを止めてよ！」

「ごめんね麗衣。あたしは今の両親に恩返しがしたいの。だから……」

美世はおもむろにカバンからスマホを取り出した。

「それ、俺のスマホじゃないか！」

「電車で使ってイスに置いた時、あたしが盗んだの。沙月のせいで、昌一はまだダウンロードできてなかったから」

美世はそう言うと、馴れた手つきでスマホをいじる。

「何すんだよ！」

昌一はすぐにスマホを奪い返そうとするが、一歩遅かった。

スマホにはお役立ちアプリがダウンロードされ、画面上にはウサギが表示されていた。

美世はその画面を昌一へ見せた。

「すぐに洗脳されるよう、洗脳レベルを上げてるから」

「何言ってんだよ、やめろ！」

ウサギが動いていてる間に、文字が見えかくれした気がした。

《ウサギの》

《言うことは》

《絶対だ》

《このアプリを》

《消すことは》

《できない》

《ウサギがいないと》

《お前は》

《——死ぬ》

朝が来ていた。

体はとてもだるくて、瞼に強い痒みを感じている。

あたしはベッドに座り、左手で瞼をかきながら右手でスマホを持った。

「今日は何をすればいい？」

そう質問すると、画面上のウサギが飛び跳ねながら答えてくれる。

《ボクが解決してあげる！　今日も学校がある日だよ！　準備をしよう！》

あぁ、そうだっけ。

とっくの前に日付感覚はなくなり、自分がどうして学校へ行っているのかもわからなくなっていた。

でも、アプリが言うのだから学校へ行くことが正しいのだろう。

あたしはアプリに教えてもらったとおり制服に着替え、朝食を食べ、顔を洗って歯磨きをした。

それから、どうするんだっけ？

「準備できたけど、どうすればいい?」
《ボクが解決してあげる! 学校へ行けばいいんだよ!》
そういえば、そうだっけ。
家の外へ出ると太陽の眩しさに頭痛がした。
体もダルイし、学校休みたいな……。
でもアプリが言うんだから行ったほうがいいんだろう。

A組の中へ入るとみんながアプリを使っていた。
《ボクが解決してあげる!》
《ボクが解決してあげる!》
《ボクが解決してあげる!》
《ボクが解決してあげる!》
あちこちからアプリの声が聞こえてくる。
あたしはスマホを取り出して自分のウサギに問いかけた。
「学校に到着したけど、どうすればいい?」
《ボクが解決してあげる! 席に座ればいいよ!》

えっと、あたしの席ってどこだっけ？

教室内で茫然と立ち尽くした時、教室の前方からサッカー部の二人が入ってきた。

二人とも昨日退院したと連絡網で回ってきたところだった。

卓治と成仁は一緒に登校してきて、二人とも笑顔で会話している。

それもこれも、きっとアプリのおかげだろう。

二人の関係は見事修復したのだから。

「じゃ、やろうか」

卓治がそう言い、カバンから小ぶりなノコギリを取り出した。

真新しいノコギリのようで、それは蛍光灯の光でキラキラと輝いている。

「これで、やっと勝負がつくな」

成仁も笑顔で答え、同じようにノコギリを取り出す。

どうするつもりだろう？

そう思って見ていると、二人は同時に相手の足を切断し始めたのだ。

血や肉が周辺に飛び散りあっという間に赤に染まっていく。

それでも二人とも笑顔を絶やさず、笑い声すら上げながら切断を続けている。

まわりのクラスメートたちはアプリに質問をすることに忙しくて、そのことに気がつかない。

そうだ、あたしもアプリに質問しなきゃ。

だって自分の席がどこなのかわからないんだもん。

その時昌一があたしの隣を通りすぎていった。

当然、手にはスマホ。

そしてアプリが起動されている。

昌一もようやくお役立ちアプリの素晴らしさに気がついたようで、最近はスマホを肌身離さず持っている。

「いやぁぁ!!」

そんな悲鳴が聞こえてきて視線を向けると、沙月が複数の男子生徒に押し倒されているのが見えた。

《ボクが解決してあげる！　自分の欲望に素直になれば、振り向いてくれるよ！》

沙月を襲っている一人のスマホから、そんな声が聞こえてきた。

アプリからの答えなら、沙月を襲うことだって仕方のないことだった。

それにしても今日は慌ただしい朝だなぁ。

あたしはアプリに自分の席を聞いて、ようやくイスに座った。

「やった！　切れたぞ！」

成仁が歓喜の雄たけびとともに卓治の右足を高々と持ち上げた。

卓治の右足は膝から下がなくなっている。

だけど、卓治も負けてはいない。

少しの時間差で成仁の左足を切断したのだ。

「もう片方切断すれば、俺の勝ちだ！」

「そうはさせるか！」

二人とも顔まで血が飛び散っているのに、気にしている様子はなかった。

「離して！　離してよ!!」

沙月の泣き叫ぶ声が聞こえてくる。

そんなこと言われたって、アプリに言われたことなんだから仕方ないじゃん。

「あ、そうだ……」

あたしはふとひらめいた。

沙月もアプリをダウンロードすればいいんじゃないかな？

そうすれば助かる方法を教えてもらえるはずだよね？

あたしは席を立ち、床に押さえつけられている沙月の横に立った。

沙月は制服の前がはだけていて、白い下着が露わになっている。

「助けて麗衣!!」

ボロボロと涙をこぼして叫ぶ沙月に、あたしはスマホを突きつけた。

「あのさ、お役立ちアプリをダウンロードすればいいんじゃない？」

「何言ってんの⁉　この状況を理解してんの⁉」

沙月がいくら暴れても、複数の男子生徒相手では敵わない。

「だから、アプリを使えばいいじゃん」

「そんなこと言ってる暇があるなら助けてよ‼」

沙月にそう言われてあたしは首をかしげた。

あたしが沙月を助けてもいいのかどうか、わからない。

「ちょっと待ってね」

あたしは一度沙月から離れてスマホを取り出した。

「ちょっと麗衣！？」

その間にも沙月は下着を脱がされそうになっている。

「あたしは沙月を助けるべきなのかな？」

《ボクが解決してあげる！　ほっとけばいいよ！》

その回答に、沙月の顔が青ざめた。

「嘘でしょ……」

「ごめんね沙月。そういうことみたい」

あたしは肩をすくめて席へと戻る。

ちょっとかわいそうだけど、アプリがほっとけと言うのだから、あたしには何もできなかった。

「わかった！　ダウンロードする！　アプリを入れるから助けて!!」

ぎゃあぎゃあと泣き叫ぶ沙月に、美世が近づいた
美世は満面の笑みを浮かべて沙月のスマホを操作する。

「ほら、ダウンロードできたよ。これで助かるからね？」

沙月のスマホ上で、ウサギが飛び跳ねて喜んでいた……。

番外編

自殺未遂

いつからこんなことになったんだろう。

あたしは目の前のトイレの床を睨みつけながら考えた。

あたしの頭はクラスメートの三隅真子《みすみまこ》に踏みつけられ、動けない状態だった。

アンモニア臭がツンッと鼻の奥を刺激して、涙が滲み出てきた。

「早く、床掃除しろよ」

そう言ったのは真子の友達である小坂井花梨《こさかいかりん》だった。

真子と花梨とあたし、井手《いで》ナツキは中学校時代からの友人で、高校も同じ女子高に入学した。

入学後半年間はあたしたちの関係は変わらず、三人仲よく過ごしていたはずだった。

しかし……。

一年生の夏休みが終わったある日、真子の様子がおかしかった。

いつもどおり登校してきたはずなのに、その顔は青ざめてあからさまに具合が悪そうだったのだ。

最初は体調が悪いのに無理をして学校へ来たのかと思っていた。

でも、どうやらそうではないらしい。

今朝下駄箱を開けてみると、真子の昔の写真が入れられていたというのだ。

それは中学時代の写真で、真子が一時期坊主頭になっていたころのものだった。

当時、真子の家は両親が離婚調停中でそれが大きなストレスとなり、毛が抜け落ちていたのだ。

バラバラに抜け落ちてしまうと余計に見た目が悪くなると思い、自分から坊主にした時があった。

「誰がそんな写真を……？」

あたしの質問に、真子は俯いて左右に首を振っただけだった。

今の真子は母親と一緒に暮らしていて、もちろん髪の毛も生え揃っている。

それでも、あのころの写真を本人の下駄箱に入れるなんて悪質ないたずらだった。

この桜女子高校には、同じ中学出身の女子生徒はそこまで多くない。

犯人を見つけるのは簡単だと思ったのだが……。

「ナツキが犯人じゃないよね？」

その日の昼休憩中、突然花梨がそんなことを言い出したのだ。

あたしは一瞬、何を言われているか理解ができなかった。

「そ、そんなことするわけないでしょ!?」

一瞬の沈黙後、すぐに言った
でも、その沈黙は花梨と真子を疑心暗鬼にさせるには十分だったのだ。

「本当に？」

真子が震える声で聞いてくる。

その顔はまだ青ざめていた。

「本当だよ！　あたしは真子の友達だよ！」

あたしは懸命にそう言って、何度も何度も誤解だと説明した。

すると二人はようやく納得したように視線を合わせ、頷いたのだ。

「わかった。あたしたち友達だもんね。ナツキを信じるよ」

真子の言葉にあたしはホッと息を吐き出した。

よかった。

真子はあたしを信用してくれたみたいだ。

そうだよね、だってあたしたちは昔からの友達だもん。

……けれど、そう思っていたのは、あたし一人だけだった。

翌日の朝、あたしはいつもどおり登校してきた。

教室に入って「おはよう」と、クラスメートに声をかける。

あちこちから返事がある中、真子と花梨の二人からは返事がなかった。

二人とも真子の机に雑誌を出して眺めているから、聞こえなかったのかもしれない。

そう思い、あたしは机にカバンを置いて二人に近づいた。

「おはよぉ」

今度はちゃんと聞こえたはずだった。

こんなに至近距離から声をかけたのだから、聞こえないはずがなかった。

しかし……二人は一瞬会話を止め、こちらに視線をむけただけでまた雑誌を読み始めたのだ。

「このバッグかわいいよねぇ」

「そうだよね。でもちょっと高いかなぁ」

あたしをそっちのけにしていつもどおり楽しそうな会話を続けている二人に、胸の奥に黒いモヤが生まれた気がした。

「二人とも、なんの雑誌を見てるの？」

自分で自分に気のせいだと言い聞かせて、あたしはさらに話しかけた。

しかし結果は同じ。

二人ともあたしのことが見えないかのように、会話を続けているのだ。

その態度に背中に汗が流れていくのを感じた。

昨日のことがあったばかりだから、嫌な予感がせり上がってくる。

「どうしたのナツキ」

他のクラスメートに声をかけられて我に返った。

「べ、別になんでもないよ」

あたしは無理やり笑顔を作って、そう返事をしたのだった。


二人からの無視は数日間続いた。

その間クラスに居場所がないような気がして、ずっと気分が悪かった。

でも、友達は真子と花梨の二人だけじゃない。

他のクラスメートに声をかければ、輪の中に入ることができる。

それだけが救いだった。

「今日も一緒にご飯食べていい？」

ある日、いつもどおりクラスメートに声をかけた時だった。

あたしに声をかけられた瞬間、三人組のその子たちは戸惑った表情を浮かべたのだ。

「……ごめん、あたしたち外で食べようと思ってたんだよね」

一人が早口に言って立ち上がった。

「え？」

あたしは目を丸くして三人を見つめた。

「ほんと、ごめんね。今日は無理」

そう言い、今まさに開けたお弁当箱の包みを包み直している。

そして、逃げるように教室を出ていってしまったのだ。

あたしは唖然として彼女たちの後ろ姿を見送った。

その瞬間、クラス内に笑い声が響き渡っていた。

振り向くと真子と花梨があたしを指さしてお腹を抱えて笑っているのが見えた。

「断られてやんの！　ダッサー！」

真子が大声で言うと、クラス中が笑いの渦に巻き込まれた。

真子と花梨がクラスメートに根回しをしたに決まっている。

そう理解していても、あたしは何も言えなかった。

みんながあたしを見て笑っている。

その侮辱に耐え兼ねて、教室から飛び出したのだった。

その日から、真子と花梨からの無視は『イジメ』と呼べるものへとエスカレートしていった。

上靴を隠される、体操着を切り裂かれる、課題を破り捨てられる。

それだけならまだマシだったのかもしれない。

今やイジメはクラス中に広まってしまっていて、あたしと会話をしてくれる生徒はひとりもいなかった。

運の悪いことにあたしが選んだ芸術コースは一クラスしかなく、そのまま持ちあがりで二年生になる他なかったのだ。

クラス替えがあればまだ救われたのに……。

そして、二年生になったあたしは今、トイレにいる。

「何ボーッとしてんの？　そんなにトイレの床が好き？」

あたしの頭を踏みつけたまま、真子が言う。

あたしはグッと奥歯を噛みしめた。

そうしていないと、涙がこぼれ出してしまいそうだったから。

「早く、床を舐めて掃除してよ」

花梨はあたしを見下ろし、ニヤついた笑みを浮かべて言う。

時々思うことがある。

真子の下駄箱にあの写真を入れたのは、花梨ではないかと。

花梨はもともと派手好きな性格をしていて、中学時代も大人しい子を見つけてはイジメていた。

高校に入学して大人になったのだと思っていたけれど、本当はずっとイジメることのできるオモチャを探していたのかもしれない。

「早く！」

真子が足の力を強めたため、あたしの頬はトイレの床にべっとりとくっついてしまった。

「あははは！　言うこと聞かないからこんなことになるんだよ？」

花梨は笑い声とともにそう言い、火ばさみを使ってあたしの顔に何かを近づけた。

それが使用済みのナプキンだと気がついたのは、鉄の臭いが鼻を刺激したからだった。

「やめて！」

とっさに声を上げたのが悪かった。

花梨はあたしが口を開けた瞬間を見逃さず、ナプキンを口にねじ込んで来たのだ。

誰の物かわからない、汚物の味と臭いに吐き気がした。

それでも口から吐き出すことは許されず、花梨があたしの口を塞いできた。

「やーば！　ウケるんだけど！」

バカみたいに笑い声を上げながら、スマホで写真を撮り始める。

あたしはせり上がってくる吐き気をどうにか押し込め、左右に強く首を振って花梨の手から逃れた。

同時にナプキンを勢いよく吐き出す。

「いい写真が撮れたね」

花梨の言葉に真子は「まだまだだよ」と、返事をしている。

あたしは何度も唾を吐き出して、鉄の味を口の中から追い出した。

「今度はこっち」

真子はそう言ってあたしの髪の毛を鷲掴みにし、無理やり立たせた。

頭皮が引っ張られて痛みが走る。

そのまま引きずられるようにして、あたしは和式便所の中へと移動させられた。

「何する気⁉」

「さっきから言ってんじゃん。掃除だよ」

真子は勢いよくあたしの背中を押し、あたしはバランスを崩して便器の前で膝をつく状態になってしまった。

便器は掃除されておらず、あちこちに汚物が付着している。

水も茶色く濁り、悪臭を放っていた。

「誰だよ、水を流さずに出たのは」

花梨は鼻を塞いで文句を言うも、その表情はとても楽しそうだ。

「ほら、今度はここを舐めて掃除するんだよ！」

真子は有無も言わせずあたしの頭を足で踏みつけ、便器に突っ込んだ。
息ができず、必死でもがく。
しかし真子は離してくれない。
花梨の不快になる笑い声とシャッター音が鳴り響く。
「掃除をすれば、すぐに解放するよ？」
真子があたしの耳元でそう言った。
もう、呼吸を止めておくことも限界だった。
あたしは汚水に顔をつけたまま口を広げていた。
瞬間、口の中に汚水が流れ込む。
ガボガボと空気を吐き出すと、花梨がさらに大きな声で笑った。
そしてあたしは舌を出し、汚水の中の汚れを舐めたのだった……。

あたしはどうして生きてるんだろう。
ひとり、体操着姿で帰路を歩きながらあたしはボンヤリとそんなことを考えた。
こうして生きていても、明日も明後日もイジメの標的にされるだけじゃないか。
そう思うと、途端に足が止まった。
このまま家に帰っても必ず朝はやってくる。

そうすれば地獄の始まりだ。

「朝なんて来なくていい……」

呟いてみると、まだ口の中から汚水の臭いが漂っていることに気がついた。

どれだけ口をゆすいでみても、それはあたしにこびりついて離れない。

あたしはフラフラと小さな公園に足を踏み入れていた。

それは小学校時代によく遊んだ公園で、あのころに戻りたいという願望があった。

しかし、公園は誰も使っていないのか今は雑草が伸び放題で、遊具には立ち入り禁止のテープが張り巡らされていた。

あのころには戻れない。

そんなの、わかっていたことだった。

あたしは筆箱から小型のカッターナイフを取りだすと、それを握りしめて公衆トイレへと向かった。

トイレも掃除されていないようで、学校のトイレ以上に異臭を放っていた。

でも、もうそんなことはどうでもよかった。

これ以上生きていたくなかった。

今すぐ死んで、楽になりたかった。

あたしの左手首にはたくさんの傷痕が残っていた。

全部、イジメが始まってから自分でつけた傷だった。

今までは薄く手首を切るだけで、流れている血を見るだけで安心できた。

生きていると感じられていた。

でも、もう無理だった。

今回は今までとは違う。

もっと深く、本当に死ぬための傷をつけるんだ。

あたしはぼんやりと霞んだような思考の中で、カッターナイフを手首に押し当てたのだった……。


「何してるの？」

カッターナイフが肉に食い込む寸前で声をかけられ、あたしは驚いてカッターナイフを落としていた。

カシャンッと軽い音を響かせ、カッターナイフの刃が折れてしまう。

声がしたほうを振り向くと、トイレの入り口に見知らぬ女子高生が立っていた。

制服も、見たことがないものだ。

「別に……なんでもない」

死ぬタイミングを失ってしまったあたしは力なく返事をして、カッターナイフを拾い上げた。

長く出していた刃が折れてしまったため、もう使い物にならない。

「こんな公衆トイレなんて使わずに、コンビニのトイレを借りればいいのに」

女子高生は独り言のように言いながら、トイレに入ってきた。

「あなただってそうなんじゃないの？」

あたしは邪魔をしてきた女子高生をひと睨みして言った。

「あたしは違う。あなたを追いかけてきたんだもん」

「あたしを……？」

もしかして知り合いだろうか？

記憶の中から目の前に立つ彼女の顔を探してみても、一致する人はいなかった。

「今にも死にそうな顔で、雑草だらけの公園に入っていくから気になるでしょ？」

そう言われて、あたしは洗面所の鏡をまじまじと見つめた。

汚れた鏡の中に、人生を悲観しきった自分の顔が写っている。

これなら心配されてもおかしくはなかった。

「そっか。でも大丈夫だから」

死ぬための道具も失ってしまったから、今日は大人しく帰るしかない。

「そう？　それならいいんだけど、あなたにいいアプリを紹介してあげようと思ったんだけど」

「アプリ……？」

何かの勧誘かと思い、あたしは警戒心をあらわにした。

「心配しないでね？　誰でも無料で使えるアプリだから、あとから請求がきたりはしないよ」

彼女は説明しながら自分のスマホを取り出して、あたしに見せてきた。

画面上にはウサギのキャラクターが表示されている。

「このウサギへ向けて、何か質問してみて？」

「質問？」

「そう。なんでもいいよ？」

本当なら、こんな子に構わず帰ってしまえばよかった。

けれど二年生に上がってから、ろくにクラスメートと会話をしていないあたしは、つい彼女の言葉に乗ってしまった。

「明日は学校に行かないといけない？」

あたしはウサギへ向けてそう質問していた。

すると画面上のウサギはピョンピョン飛び跳ねて《ボクが解決してあげる！　別に、行かなくていいんじゃない？》能天気な声に思わず笑ってしまった。

「これはお役立ちアプリっていって、どんな相談や悩みにも答えてくれるアプリなんだよ」

「へぇ……」

一瞬、真子と花梨の顔が脳裏をよぎった。

二人のことを相談しても、ちゃんと返事をしてくれるんだろうか？

「よかったらスマホを貸してくれない？　ダウンロードしてあげる」

そう言って、右手を差し出してくる。

あたしは少し躊躇したあと、おそるおそるスマホを彼女に差し出した。

同年代の子とおしゃべりをしたのが久しぶりだったこともあり、つい心を開いてしまいそうになる。

「はい、ダウンロードしたよ」

彼女はスマホを簡単に操作すると、すぐに返してくれた。

妙なことはされなかったようでひとまず安堵する。

「じゃ、またね」

もう用事は終わったとばかりに帰ろうとする彼女の腕を掴んで、引き止めていた。

「何？」

「あの……名前は？」

ここにきて、ようやく互いの名前も知らないのだと気がついた。

「あたしは美世」

「美世……ちゃん？」

「そう。じゃあね、バイバイ！」

美世と名乗った少女は、あたしの名前を聞くことなく走り去ったのだった。

利用

翌日も昨日と変わらない日が続いていた。

クラスメートは全員であたしを無視したり、真子たちがあたしをからかっているのを見て笑い声を上げたりしている。

「今日も一人でお弁当？　友達いないと寂しいねぇ？」

昼休憩に入り、真子がわざわざあたしの隣へやってきてそう言った。

あたしはその言葉を無視し、お弁当の蓋を開ける。

毎朝、お母さんが早い時間に起きて作ってくれているのだ。

「無視すんなよ便所女！」

あたしが返事をしなかったのが癪《しゃく》に障ったようで、花梨が肘で背中をつついてきた。

それでもあたしは反応しなかった。

下手に会話をすればエスカレートしてしまう。

箸を持ち、お弁当に手をつけようとしたその時だった。

お弁当の上にボトボトと白い物体が落とされた。

あたしは箸を止めて唖然としてソレを見つめる。

微かに酸味のある香りが漂っている。

「あ、ごっめーん！　手がすべったぁ！」

わざとらしく言った真子へ視線を向けると、開封されたヨーグルトを逆さにして持っていた。

中身はすべて、あたしのお弁当の上に落とされたようだ。

「あははは！　これはこれでおいしいかもよ⁉」

せっかくお母さんが作ってくれたお弁当がグチャグチャだ。

あたしはグッと奥歯を噛みしめて俯いた。

泣くな。

泣いたら余計に二人を楽しませることになる。

「こっちも混ぜてみなよ！」

花梨の声が聞こえてきたかと思うと、お弁当にチョークの粉が振りかけられた。

「あはは！　カラフルでおいしそー！」

「ふりかけみたいでいいじゃん！」

あちこちから笑い声が聞こえてくる。

どうして……？

これの何が楽しいの……?

もう食べられなくなってしまったお弁当を見て、悲しみが怒りに変換されるのを感じた。

思わず、振り向いて真子を睨みつけていた。

真子は一瞬ひるんだ様子を見せたが、すぐに睨み返してくる。

「何よその顔。むかつく～」

「ほんとだ、ナツキのくせに睨んでる」

花梨は相変わらずねばっこい笑みをあたしへ向けている。

「ま、いっか。早くしなきゃ購買のパン売り切れちゃう。花梨行くよ」

花梨にそう声をかけて財布を片手に教室を出る真子。

花梨はまだ遊び足りなかったようで、チッと軽く舌打ちをしてから慌てて真子のあとをついていった。

ふたりが教室を出ていったあとも、あたしは机の上のお弁当をジッと見つめていた。

「なんで……こんなことに……」

知らず知らず、ブツブツと呟いていた。

お母さんがせっかく作ってくれたお弁当を、どうしてあいつらが汚すのかわからなかった。

《ボクが解決してあげる！》

スカートのポケットから聞こえてきた声に、あたしはハッと息をのんだ。

取り出して確認してみると、いつの間にかお役立ちアプリが起動していてウサギが表示されていた。

気がつかないうちに、間違えてタップしていたのだろう。

《イジメる相手なんて誰でもいいんだよ！　彼女たちは暇潰しをしているんだよ！》

ウサギが、かわいらしい声色でそう言った。

「え……？」

あたしは画面上のウサギをまじまじと見つめた。

今、なんて言った？

「なんで、こんなことになったの？」

信じられなくて、あたしはもう一度そう質問をした。

するとウサギは《ボクが解決してあげる！　イジメの相手なんて誰でもよかったんだよ！》と、答えるのだ。

あたしがイジメに遭っていることを、どうしてこのウサギは知っているんだろう？

不意に、公園のトイレで出会った美世のことを思い出した。

彼女がこのアプリに覚え込ませたんだろうか？

ううん、あんな短時間でそんなことできるはずがない。

じゃあ、どうして……？

あたしはジッとウサギを見つめた。

ウサギはニコニコとほほ笑んで飛び跳ねていたのだった……。


もし、美世が言っていたとおりどんな質問にも答えてくれるなら……。

放課後になり、あたしは真っ直ぐ家に戻ってきていた。

勉強机の上にスマホを置き、アプリのウサギのジッと見つめる。

「明日の天気は？」

《ボクが解決してあげる！　晴れだよ！》

「今週売上一位のCDは？」

《ボクが解決してあげる！「×××」だよ！》

うん。このくらいの質問ならどんなAIでも簡単に答えてくれる。

サイトに接続をして情報を引っ張ってくればいいだけだ。

それじゃあ……。

「あたしをイジメている人間の名前は？」

《ボクが解決してあげる！　三隅真子と小坂井花梨だよ！》

その回答に背筋がゾクリと寒くなった。
「なんで知ってるの……」
真子や花梨の個人情報なんて教えていない。
唖然としている間にもウサギは無邪気に跳ねまわっている。
「あたしは……このままずっとイジメられるの？」
こんな質問をしたって、ろくな答えは返ってこない。
そう思いながらも、今まで誰にも聞くことのできなかった質問をした。
《ボクが解決してあげる！　卒業してもずっとずっとイジメは続いていくよ！》
ウサギの回答に全身の身の毛がよだつのを感じた。
「卒業してもずっと……？　それ、本当に……？」
《ボクが解決してあげる！　本当だよ。だって、写真をたくさん撮られてるから》
あぁ……。
そうだった。
あたしは今まであの二人に散々写真を撮られてきた。
きっとそれを脅しのネタにされ続けるのだろう。
絶望感が体中にのしかかってきた。
見えないそれは真っ黒で、とても重たいものだった。

「あたしはどうすればいいの……？」

このまま一生あいつらの奴隷でい続けないといけないんだろうか？

《ボクが解決してあげる！　次に何かあったら大声で叫んでみなよ！》

「え……？」

今までも何度か叫び声を上げたことはあった。

だけど助けに来てくれた人は誰もいない。

それどころか、クラスメートたちは疎ましそうな表情をあたしへ向けただけだった。

「できないよ、そんなこと……」

《ボクが解決してあげる！　それなら、最初に悲鳴を録音しておけばいいんだよ！》

「悲鳴を録音……？」

それは自分では思いつかない方法だった。

最初から録音しておけば、たとえ口を塞がれていても声を上げることができる。

目いっぱい長い悲鳴を録音すれば、他のクラスの子が気がつくかもしれない。

少しだけ胸に希望が生まれた気がした。

一か八か、やってみてもいいかもしれない。


翌日。

その日もいつものように真子と花梨に絡まれていた。

二人にちょっかいを出されるたびに、あたしはスカートのポケットに手を入れていつでも悲鳴を流せる状態にした。

そして、ついにその時がきた。

それは三時間目の体育の授業が始まった時だった。

とっくに体操着へと着替えをしていたあたしだったが、真子と花梨のふたりに立ちはだかられ、教室から出られない状態だった。

そのまま授業開始のチャイムが鳴る。

「教室から出たかったら、ここで裸踊りをしてみせてよ」

含み笑いを浮かべた真子がそう言ってきたのだ。

あたしは体操着のズボンに移動させていたスマホに手を触れる。

ここには三人しかいないから、ふたりはどんな手をつかってくるかわからない。

無理やり服を脱がされてもおかしくなかった。

「何ボーッとしてんの？　これは命令だよ？」

花梨がジリジリとあたしに近づいてくる。

後ずさりをしていたら後ろの机に背中が当たり、体のバランスを崩して尻餅をついてしまった。

「ダッサ！」

花梨がわざとらしくそう言って笑う。

けれど、今は授業中だからいつもより声量を抑えていた。

こんな中であたしが悲鳴を上げれば一発でバレてしまうだろう。

それでも二人が余裕そうな表情をしているのは、あたしが反撃しないとわかっているからだった。

一年生のころから刷り込まれた恐怖心は、悲鳴さえも殺してしまうと知っているからだ。

でも……。

あたしは二人にバレないよう、そっとスマホを取り出した。

そして、あらかじめ録音していた悲鳴を流したのだ。

もちろんスマホの音量は最大にしているため、教室中に響き渡るような音になった。

自分でも思わず耳を塞いでしまうその音に、二人はギョッとして目を見開いた。

「何してんだよ！　止めろよ！」

真子が慌ててあたしからスマホを奪おうとする。

そうはさせない！

あたしはスマホを抱きしめるようにして守った。

「離せよクソっ!!」

真子が暴言を吐きながらあたしの髪の毛を鷲掴みにした瞬間、教室のドアが勢いよく開いた。

「何してんだお前ら！」

大股で歩いてきたのは隣のクラスで授業をしていた、数学の先生だ。

インテリ系だけど趣味は筋トレという男の先生で、体格がいいことで知られていた。

「な、なんでもないです！」

真子は慌ててあたしから手を離す。それと同時に、あたしは悲鳴を止めた。

「君は大丈夫か？」

そう聞いてくる先生にあたしは左右に首を振った。

今までのことを考えてみても、まったく大丈夫じゃなかった。

それでも以前なら報復が怖くてこんなことはしなかっただろう。

でも、今は違う。あたしにはお役立ちアプリがついているんだ……。

「本当にすごいアプリなんだよ！」

家に帰ってきたあたしは、久しぶりに中学時代の友人に電話をしていた。

唯一、あたしがイジメに遭っていることを相談できる相手だった。

『相当役に立ったんだね』

「そうだよ！　あのアプリの言うとおり悲鳴を録音しておいたらさ、あいつら先生に呼ばれて一時間も説教されてたんだよ！」

思い出しただけでも笑えてくる。

『そうなんだ。でも、また復讐されたりしない？』

「大丈夫だよ！　その時はまたアプリに解決してもらえばいいんだから！」

『そっか……。なんかナツキ、変わったね』

「え？」

『いつも泣きながら電話してきてたでしょ？　それが今日はすごく元気なんだもん』

「えへへ。いつも心配かけてごめんね？　でも、あたしはもう大丈夫だと思う！」

『そっか。それなら安心した』

「たくさん心配と迷惑をかけてごめんね？　これからは楽しい話をたくさんしようね！」

エスカレート

アプリをダウンロードしてからのあたしは、まるで人生が変わったみたいだった。

毎日学校へ行くのが苦じゃない。

登校前にイジメられたらどうすればいいか質問をしておけば、その日一日のイジメを回避することもできるようになっていた。

「今日はどんなふうにイジメられるかな？　あたしは、どうすれば助かる？」

《ボクが解決してあげる！　今日は便器を舐めさせられるよ！》

その言葉に、あたしは一瞬にしてこの前の出来事を思い出していた。

濁った水の中に顔を入れられ、無理やり舌で掃除させられたんだ。

思い出すと言い知れぬ気分の悪さと、怒りが湧いてきた。

あいつらはまた同じことをしようとしているんだ……。

《助かる方法は、やられる前に、やればいいんだよ！》

「え……？」

《あいつらの顔を便器に突っ込んじゃえ！》

ウサギは相変わらず愛らしい声色で答える。

「そんなこと、どうやってするの？」

ただでさえ、相手は二人だ。

力ずくでどうこうすることはできない。

《ボクが解決してあげる！　仲間を増やせばいいんだよ！》

「仲間……？」

《そうだよ！　この前職員室に呼ばれたことで、あのふたりから遠ざかってる子がいるはずだよ！》

そういえばそうかもしれない。

先生にバレたくない一心で、我関せずを決め込んでいる生徒も中にはいるだろう。

でも、仲間になってもらうなんてことが上手くいくだろうか？

それでなくてもあたしはイジメられっ子だ。

あたしの言葉に耳を貸してくれるかどうかわからない。

「どう声をかければいいと思う？」

悩んだら、すぐにアプリに相談した。

《ボクが解決してあげる！　自分の味方になれば、傍観していたことを黙っておいてあげるって、言えばいいんだよ！》

ウサギの言葉にあたしは目を丸くしていた。

「そっか、直接イジメに関わっていなくても、傍観していたことだってバレたくないよね。先生にバレたら、自分が怒られるんだもんね」

あたしはアプリに向けて何度も頷いた。

これなら、クラス内の誰を相手にしても仲間になってくれそうだ。

なんせ、あたしを見て笑っていたのはクラス全員なんだから。

あたしはそう考え、ニヤリと口角を上げたのだった。


少し早めに家を出て教室のドアを開けると、すでに数人のクラスメートたちが登校してきていた。

真子と花梨の姿はまだ見えない。

あたしはクラスにいるメンバーの顔を確認した。

窓際の席に座っておしゃべりをしているのは優衣子《ゆいこ》と唯織《いおり》だ。

あたしは迷うことなく、二人に近づいた。

「二人ともおはよう」

元気よく挨拶をすると、二人同時にあたしに視線を向け、そして戸惑った表情を浮かべた。

あたしからクラスメートに話しかけたことなんて、イジメられて以降ほとんどないからだ。

「お……おはよう」

二人はしどろもどろになりながらも返事をしてくれた。

きっと、真子たちがいないからだろう。

「ねぇ、ちょっと相談があるの」

そう言い、あたしはふたりに断ることなく隣の席のイスを拝借してそこに座った。

二人は目を見交わせてどうしようかと思案している様子だ。

あたしと仲よくしていたとバレたら、今度は自分が標的になるかもしれないからだ。

「あたしたち、相談とかはちょっと……」

おずおずと優衣子がそう言った。

「ダメなの？ でもさ、あたしがイジメられていることを傍観してたよね？」

ハッキリとした口調でそう言うと、優衣子は驚いたように目を丸くして黙り込んでしまった。

「それってどうなの？ 先生にバレたらやばくない？」

二人の反応を見るのが楽しくなってしまって、あたしは笑顔になってさらに言葉を紡いだ。

「先生に言うつもり？」

　唯織は青ざめている。

「言ってもいいよ？　言われたくないなら、相談くらい聞いてほしいんだけど？」

「……わかった。話を聞くくらいなら、いいよ」

　唯織は優衣子と目を見交わせて頷いたのだった。

　やっぱり、イジメを傍観している奴らはみんな自分がかわいいんだ。

　自分の保身のためならなんでもやる。

　それはあたしからすれば好都合だった。

「二人とも、あたしの仲間になってくれない？」

　唐突にそう言うと、ふたり同時に目を丸くし、口をポカンと開けてしまった。

　その様子が見事にシンクロしていたので、思わず噴き出した。

「ちょっとふたりとも、同じ顔するのやめてよね」

　お腹を抱えて笑うあたしに、他のクラスメートたちの視線を感じる。

　でも、そんなことどうでもよかった。

　今、あたしはなんだってできそうな気がしている。

「仲間になって、何をするの？」

「それはあとからのお楽しみ」

「でも、真子たちに立てついたらあたしたちがどうなるかわからないし」

ついに本心が出た。

優衣子も唯織も、結局はそれを気にしているのだ。

人が傷ついていることなんて、どうでもいい。

自分さえ安全地帯にいれば、それでいいんだ。

「そっか、じゃあ仕方ないね。いいよ、二人がイジメを見て見ぬふりしてたって先生に伝えてくるから」

あたしは落胆したようにそう言い、席を立った。

「ま、待って！」

途端に優衣子に腕を掴まれて制止させられていた。

「先生に言うって、本気？」

「当然でしょ？　だってあたしは被害者だもん」

あたしはキョトンとした顔を浮かべて言った。

「でも、あたしたちだって真子が怖くて黙ってただけだし……」

「そうなんだ？　一年のころから今までず〜っと？」

首をかしげて聞くと優衣子は口をつぐんでしまった。

あたしがイジメられ始めたのは一年生のころからだ。

クラスは持ちあがりだから、二人とも当然知っている。

「それだけ無視し続けるなんて、ヒドイよねぇ」

「だ、だって……」

優衣子はまだ弁解しようとしているが、唯織は諦めたようにため息を吐き出した。

「わかったよ。あたしたちはナツキの味方につく」

「ちょっと唯織！」

「だって、仕方ないじゃん。あたしたち内申ヤバイんだしさ」

唯織はしかめっ面をしてそう言った。

どうやら天はあたしに味方したようだ。

「ありがとう。今日から二人はあたしの親友だよ」

あたしは思ってもいないことを言い、ほほ笑んだのだった。


その日は最高の一日となった。

あたしはまず優衣子と唯織に、真子たちにやられてきたことをすべて暴露したのだ。

すると二人はさすがに顔をしかめ、あたしのことを心配し始めてくれた。

「ちょっとしたことなら、もう馴れたから大丈夫だよ」

あたしがそう言うと、二人は憐れむような瞳をこちらへ向けてきた。

その態度には少し腹が立ったけれど、話をスムーズに進めるために黙っておいた。

「この前なんて、便器に顔を突っ込まされたの」

「嘘……」

唯織は青ざめた顔であたしをみる。

「茶色く濁った水だよ？　それで、舌で便器を掃除しろって言われて……」

「ちょっと、ストップ！」

話の途中で気分が悪くなったようで、優衣子が手を上げて遮った。

「ごめん、想像しただけで気分が悪くなってきた……」

「真子たちがそこまでやってるなんて知らなかった」

優衣子の背中をさすりながら唯織が言う。

「クラス内でやられてることなんて、ごく一部だよ。外ではもっとヒドイことをされてる」

「そうだったんだ……」

優衣子が青い顔をこちらへ向けて呟くように言った。

本当に、愕然としている様子だ。

「そんなの全然気がつかなかった……」

「あの子たちも本当にヤバイことは人前じゃやらないんだよ」

その話をしている間に優衣子と唯織の気持ちが徐々にあたしへ向き始めているのを感じていた。

「それで、あたしたちは何をすればいいの？」

あらかた話し終えたあと、優衣子が聞いてきた。

「うん。さっき話した便器のことなんだけどね、あたしあれが一番屈辱的で許せない出来事だった」

「うん……わかるよ」

優衣子はうんうんと何度も頷いてくれている。

顔には真子たちへの嫌悪を滲ませている。

「だからね……あの二人を同じ目に遭わせたい」

そう言うと、さすがに優衣子と唯織はたじろいた表情を浮かべてあたしを見つめた。

真子と花梨はクラス内でもカーストトップだ。

そんな二人に立てつくことはやっぱり怖いのだろう。

「でも、あたしたちなんかがそんなことできるのかな」

優衣子が不安な声を出す。

「大丈夫だよ。何かあったらあたしが解決してあげるから！」

それはあのアプリのセリフだった。

何か困ったことが起これば、また相談すればいい。

あたしに怖いものなんて何もない。

「あたしたちは何をすればいいの？」

「真子と花梨をトイレに呼び出してほしい」

「呼び出すって言われても……」

優衣子と唯織は真子たちとの接点が少ない。

急に呼び出したりしたら不信がられるかもしれない。

「ちょっと待ってね」

あたしは二人へ向けて言い、スマホを取り出してアプリを起動した。

困ったときにいつでも出てきてくれるから便利だ。

「どうやって真子と花梨をトイレに呼び出せばいいと思う？」

《ボクが解決してあげる！　ナツキをイジメるから一緒に来てって言えばいいんだよ！》

その返答には一瞬思うことがあったが、あたしは自分の気持ちを押し込めた。

アプリの言うとおりにしていればなんでも上手くいくはずだ。

「そんなの、いいの？」

今のアプリからの返事を聞いていた優衣子が、上目づかいにあたしを見てくる。

「いいよ」

この前悲鳴を上げたことで、二人はストレスを溜めているはずだ。

そんな状況で他のクラスメートからあたしへのイジメの誘いを受けて、二人が断るとは思えない。

今回の主犯格は優衣子と唯織だと思えば、真子たちは立場を気にせずに思う存分イジメることができると勘違いするだろう。

「じゃ、放課後にね」

あたしは真子たちが登校してくる前に優衣子たちから離れ、いつもどおり一人で時間を潰し始めたのだった。


そして待ちに待った放課後がやってきた。

あたしは先に女子トイレで待機して、真子たちがやってくるのを待った。

トイレ内は相変わらず汚くて、アンモニアの臭いが充満している。

掃除係が手を抜いていることは一目瞭然だった。

そんなところに、なんの疑いもなく真子と花梨はやってきた。

そのあとに続くように優衣子たちもやってくる。

予定どおりうまくやってくれたみたいだ。

唯織は出入り口の前に立って他の生徒が入ってこないように見張っている。

あたしはわざと怯えた表情で真子と花梨を見つめた。

「お前、この前はよくもやってくれたな！」

途端に、真子が怒りを爆発させるように怒鳴り、あたしの前髪を鷲掴みにしてきた。

「痛い！　やめて！」

必死にもがき、苦しむフリをする。

「悲鳴を録音しておくなんて、せこいことしてんじゃねぇよ！」

花梨はそう言ってあたしの背中を蹴りつけてきた。

一番せいこいイジメをしているのは、どこのどいつだ。

あたしはチラリと優衣子を見た。

優衣子はあたしの視線に気がつき、ひとつ頷くと同時に真子につかみかかっていた。

「うわっ！　何すんだよ！」

突然のことで体のバランスを崩した真子は、簡単に床に倒れ込んでしまった。

その隙に優衣子が真子の上に馬乗りになった。

「どけろよ！」

真子は必死に抵抗しているが、優衣子のほうがいくらか体重が重いらしい。

いくら抵抗してみても、優衣子は動じなかった。

そうしている間に、あたしは花梨の体を突き飛ばしてトイレの個室へと入れていた。

「ちょっと、何すんの！」

和式便所に足を突っ込む寸前で体のバランスを保ち、睨みつけてくる。

「何って、自分たちがあたしにやったことを忘れた？」

そう聞くと、花梨は一瞬にして青ざめた。

しかし、気の強い表情は緩めない。

「便器に顔を突っ込んで、舌で掃除するんだっけ？」

あたしは花梨に質問しながら徐々に近づいていく。

花梨は後ろに下がろうとするが、真後ろには便器があるだけだ。

「お前ら、騙したな！」

ようやく気がついたのか、真子が優衣子たちへ向けて怒鳴りだした。

「今さら気がつくなんて遅いんじゃない？　だいたいさ、優衣子たちは人をイジメるような子じゃないよ？　あんたたちと違ってね？」

あたしはそう言い、花梨の体を軽く押した。

それだけで花梨は右足を後ろへ引き、そのまま便器に足を突っ込んでしまった。

「あははは！　人をイジメてるからこんなことになるんだよぉ？」

あたしはねっとりとした笑みを花梨へ向ける。

花梨の白い上履きは、一瞬にして茶色い水を吸い込んでしまった。

「離せよ、優衣子！」

真子はまだ優衣子の下でもがき続けている。

でも、優衣子はその言葉を無視し、笑みを浮かべていた。

「花梨って本当はひとりじゃ何もできないんだねぇ？」

ジリジリと近づくあたしに、花梨は左右に首を振って「あたしは真子に言われてイジメてただけだから！」と、叫んだ。

「はぁ？　なに言ってんの!?」

真子が唖然とした表情を花梨へ向ける。

「復讐するなら、あたしじゃなくて真子にしてよ！」

「ほんと、花梨ってば何言ってんの？　復讐はね……二人に対してするに決まってんじゃん！」

あたしは大きな声でそう言うと、花梨の腹部を思いっきり蹴りつけた。

花梨は「ぐっ」とうめき声を上げ、くの字に体を折り曲げる。

その隙にあたしは花梨の顔を便器の中へ突っ込んでいた。

花梨が痛みと苦しみにもがき、手足をバタつかせる。

その様子は死にかけの虫みたいで、自然と笑みが浮かんでいた。

「ほら、しっかり掃除しろよ」

あたしは花梨の耳元でささやいた。

「汚物を舌で舐めるまで、やめないからな?」

その言葉に花梨はピタリと体の動きを止めた。

そして数秒後……花梨は汚水の中で舌を出し、便器にこびりついている汚物を舐めたのだった。

優先

「本当、最高に楽しかったんだよ！」

あたしは自分の部屋で友人に電話をかけていた。

いつもあたしのことを心配してくれている、あの子だ。

『それって大丈夫なの？　イジメっ子と同じことを繰り返してるだけじゃん？』

「いいのいいの！　歯には歯をって言うじゃん？」

『でも、バレたりしたらさぁ』

「心配しすぎだって！　それにさ、あたしには二人も友達ができたんだよ？　このアプリってすごくない⁉」

『うん。それはいいことだと思うけど……』

「それならもっと喜んでよ」

『うん……。ごめん、今日は宿題が多いから、もう切るね？』

そんな言葉を残して電話は切れてしまった。

あたしは不満に感じ、スマホを睨みつけてしまった。

友達がイジメを克服したのだから、もっと喜んでくれればいいのに。

そう思いながら、あたしはアプリを起動した。

真子たちにはもっともっとヒドイ目に遭ってほしい。

これからはどんな復讐をしていこうか、ワクワクしていた。

こんなに楽しい気分になったのは久しぶりのことだった。

「次はどんな復讐をすればいい？」

《ボクが解決してあげる！　お金を持ってこさせればいいよ！》

そういえば、一年生のころはよく真子と花梨の二人にお金を取られてたっけ。

このアプリは、あたしがされてきたことをなんでもお見通しみたいだ。

「それ、いいアイデアだね」

あたしは飛び跳ねているウサギへ向けてニッコリとほほ笑んだのだった。

一度恐怖を植えつけたおかげで、次からの復讐はスムーズに進んでいた。

あたしがお金を持ってこいと言えば翌日には持ってきたし、掃除当番を代われと言えば文句は言わなかった。

そんな雰囲気がクラスメートたちにも伝わったのだろう。

気がつけば、真子と花梨はクラスのトップから転落していたのだ。

もう誰も真子たちを恐れていない。

今まであたしから遠ざかっていた友人たちはあっという間に戻ってきて、今ではあたしのほうがクラスカーストが高いくらいだ。

「あ～あ、なんか喉乾いちゃった」

あたしがわざと大きな声でそう言うと、花梨はビクリと肩を震わせて「あ、あたしが買ってくるね！」と、大慌てで教室を飛び出していく。

その様子が面白くて、あたしはクラスメートたちと声を上げて笑った。

「なんか、真子たち最近パッとしなくなったよねぇ」

「わかる。ナツキと一緒にいるほうが楽しいよね？」

そんな噂を始める子もいた。

けれどたったひとり、いまだにあたしがやっていることを理解してくれない友達もいる。

『いい加減、アプリの話は聞きたくないんだけど』

学校から戻ってきて自室で電話をしていた時、電話口の向こうからうんざりした声で言われた。

「え？」

『最近のナツキ、ずっとアプリの話ばっかりじゃん』

「だって、本当に役立つんだもん」

電話の向こうで相手が苛立っているのがわかる。

だけど、どうしてそんなにイラついているのか、あたしには理解できなかった。

『そんなものを使ってイジメがなくなったって、それはナツキの力じゃないよね？』

「どうしてあたしの力でイジメを撃退しなきゃいけないの？」

頼れるものに、すがりつくのは当然だ。

あたしはあの日、自殺まで考えていたのだから。

『……そのアプリ、あたしにも教えてよ』

「え？　やっぱり気になってた？」

あたしは相手の言葉にうれしくなってほほ笑んだ。

そうだよね。

これだけ便利なアプリなんだから、持っていて損はない。

あたしが散々アプリを賞賛してきたから、ようやく興味を持ってくれたみたいだ。

『うん。次の休みに会える？』

「もちろんだよ！」

あたしは笑顔で頷いたのだった。

そして、約束の休日がやってきた。

このころにはあたしの復讐はほぼ完ぺきに終了していた。

一年生のころからやられてきたことを、真子と花梨の二人に思い知らせてやったのだ。

こんな短期間でさまざまな復讐を行ってやったから、二人とも教室内でほとんど会話をしなくなっていた。

もしかしたらうつ状態なのかもしれない。

いい気味だ。

約束場所の公園に到着すると、すでに友人は来ていた。

数か月ぶりに会うその友人は、相変わらずキレイな顔をしている。

「お待たせ、沙月」

あたしは沙月の横に腰かけてふぅ、と息を吐き出した。

五月中旬といえど日中は気温が上がって結構熱い。

そのためか、公園内には誰の姿もなかった。

「ファミレスにでも移動する？」

あたしがそう聞くと、沙月は左右に首を振って「ううん」と、言った。

いつもは元気な沙月が今日はやけに大人しい。

神妙な面持ちをしているし、きっとあたしのことを心配してくれているからだろう。

「沙月もアプリが欲しいんだよね？」

「うん。どんなものか教えてくれる？」

もちろん、そのつもりで来た。

友達の沙月には幸せになってほしいし。

「これだよ」

あたしはそう言い、アプリを起動して沙月に見せた。

「ウサギ……？」

「そう、このキャラがなんでも教えてくれるの。電話で言ったとおり、イジメられなくなる方法も教えてくれた」

そう言っても、沙月は怪訝そうな表情でウサギを見つめるばかりだ。

実践して見せたほうが早いかもしれない。

「沙月の下着の色は？」

あたしは冗談半分でアプリへ向けてそう聞いた。

「ちょっと、なに聞いてんの？」

慌てる沙月をよそに、アプリはいつもどおり返答する。

《ボクが解決してあげる！　ピンク色だよ！》

無邪気に答えるウサギに、沙月の動きが止まった。

目を見開き口をポカンと開けている。

「合ってるでしょ？」

「何このアプリ、気持ち悪い！」

そう言って青ざめているから、図星だったんだろう。

あたしは笑いながら「だからね、このアプリをいい方向に使えば問題ないんだってば」と、沙月の肩を叩いた。

「偶然一致しただけじゃないの？」

「そう思うなら、今度は沙月が何か質問してみたら？」

そう言って沙月にスマホを手渡した。

しばらく考えていた沙月は「ナツキとあたしとの出会いはいつ？」と、質問した。

《ボクが解決してあげる！　中学入学時だよ！》

「合ってる……」

「もっと難しい質問でも大丈夫だよ？　未来予測だってできるんだから！」

アプリを褒められたことがうれしくて、あたしは言った。

「でもこのアプリって、イジメ内容まで助言するんだよね？」

「そうだよ？　だからここまで復讐できたんじゃん」

このアプリがなければ、あたしは今ごろ公園のトイレで自殺していただろう。

「それってさ、悪いことまで教えるってことだよね？」

「まぁね。だからさ、それは使い方次第だってば」

「ナツキは、アプリの使い方を間違っていないって思うの？」

その質問にあたしは首をかしげた。

「当たり前じゃん？　なに言ってるの？」

キョトンとした表情でそう言うと、沙月は大きな目をさらに見開いてあたしを見つめた。

信じられないといった様子だ。

「そっか……。でも、そんな使い方もあるんだね。それがあれば、あたしはもっともっと人気者になれるかもしれない」

沙月はブツブツと口の中で呟いている。

「どうする？　ダウンロードする？」

「……うん」

沙月は大きく頷いたのだった。

最終目標

沙月がダウンロードを終えたあと、あたしはアプリへ向けて話しかけた。

「これから先は、真子たちをどうすればいいと思う？」

やられてきたことはすべてやり返した。

それで満足している気持ちもあるけれど、さらにひどい目に遭わせてやりたいという気持ちもあった。

真子たちにやられたことを思い出すと、自然と涙が滲んでくる。

当時は恐怖で泣くことすらできなかったけれど、今は違う。

《ボクが解決してあげるよ！》

あたしのスマホから、そんな明るい声が聞こえてきた。

画面上にはピンク色のウサギが体を揺らし、こちらを見ている。

「あたしは……どうすればいいの……？」

あたしは声を震わせてもう一度質問をした。

《イジメっ子を、殺しちゃえばいいんだよ！》

ウサギが飛び跳ねてそう答えた。

その回答にあたしは思わずビクリと体を震わせ、隣にいる沙月へ視線を向けた。

「殺しちゃえって……どうしよう……」

ウサギの回答なんて無視してしまえばいい。

頭では理解していたけれど、心がそれを拒否していた。

ウサギの命令は、絶対だ。

あたしは助けを求めるように沙月を見つめ続けた。

視線を向けられた沙月は戸惑いながらも、口を開く。

「じゃあ、そのとおりにしてみたら……？」

初夏の、生温かな風が二人の間を通りすぎていった。


イジメっ子を、殺しちゃえばいいんだよ！

その言葉は、あたしの脳裏に何度も何度も繰り返し流れてきた。

真子と花梨を殺す？

そんなことがあたしにできるだろうか？

自室のベッドに座り、あたしは自分の手のひらを見つめた。

確かにあたしは強くなったと思う。

このアプリのおかげでイジメはなくなり、当たり前の日常を取り戻すことができたのだから。

「やっぱり無理だよ、殺すなんて」

そう呟いた瞬間だった。

突然強い吐き気を感じて、あたしはトイレに走った。

さっき食べたばかりの晩ご飯が戻ってくる。

「体調でも悪いのかな……」

吐き終えたあたしはベッドに横たわり、そう呟いたのだった。

翌日。

あたしの頭の中は真子と花梨を殺すことでいっぱいになっていた。

二人を殺さないといけない。

イジメっ子を、殺さないといけない。

ブツブツと呪文のように呟いていると、いつの間にか登校時間になっていた。

家を出る前、あたしは無意識のうちに台所から包丁を一本取り出してカバンに入れていたのだった。

その日はとても天気がよかった。

外へ出ると心地よく風が吹いていて、小学生たちが元気に走って学校へと向かっていた。

行き交う車の波はスムーズで、信号待ちで苛立っている人もいない。

平和な一日の幕開けのように感じられた。

「おはよう、ナツキ!」

下駄箱で偶然会った優衣子と唯織が話しかけてくる。

「おはよう」

「昨日のテレビ見た？　面白かったよねぇ!」

他愛のない会話をしながら向かう教室。

あたしがずっと恋焦がれていた景色がそこに存在した。

それもこれも、アプリのおかげ。

あたしの人生を変えてくれたのは、あのアプリ。

だからね……あたしがアプリに逆らうなんて、あり得ない。

教室のドアを大きく開くと、真子と花梨がもう登校してきているのが見えた。

二人はあたしを見るなり青ざめて怯えた表情になる。

そんなふたりを見て優衣子と唯織は心底おかしそうに笑った。

獲物は二匹。

ビクビク怯えるかわいそうな子猫だと思えば、なんてことはなかった。

あたしは子猫に近づいていく。

子猫はあたしに媚びるように笑顔を浮かべて「おはよう」と鳴いた。

「おはよう……かわいい子猫ちゃん」

あたしはそう言うと同時にカバンの中から包丁を取り出していた。

一匹目の子猫は逃げる暇もなく、簡単に包丁が突き刺さった。

首に突き刺さった包丁を力任せに引き抜くと、噴水のように血があふれ出してくる。

生ぬるいそれを全身に浴びていると、後方からクラスメートたちの悲鳴が聞こえてきた。

けれど、そんなの気にしない。

あたしはもう一匹の子猫へ視線を向けた。

こっちは少しかわいくない顔をしている。

頭を踏みつけられ、トイレの床にこすりつけられたことを思い出す。

一瞬にして憎らしさが湧いてきた。

「死ね!!」

怒鳴り声を上げて包丁を振り下ろす。

子猫はヒラリと体をひるがえして、座っていたイスから逃げた。

おっと、失敗。

あたしは、さらに子猫を追いかける。

子猫は「助けて……！　助けて！」と、泣きながら教室から出ようとした。

だからあたしは、猫の首根っこを掴んでそれを阻止していた。

あたしの手に捕まり、必死で暴れる子猫。

爪を出して懸命にひっかいてくる。

だけどそんな傷、あたしにはないも同然だった。

自分で傷つけた手首の傷のほうが、よほど深い。

それを証拠に痛みも感じない。

あたしは左手で子猫を掴んだまま、右手で包丁を握りしめた。

猫の悲鳴が甲高くなる。

それを阻止するように、あたしは猫の腹部を切り裂いていた。

胸部あたりに突き刺さった包丁を真っ直ぐ下におろすと、内臓とともに鮮明な血がドバッと溢れ出す。

子猫はそれで静かになった。

あとに残ったのは、腹部を切られた真子と、首を切られた花梨の死体だけだった。

あたしが殺したのは子猫ではなかった。

そう気がついた瞬間、あたしは血まみれのまま教室から駆け出していた。

カバンも包丁も教室に投げ出し、上履きのまま走って自宅へと戻ってきていた。

ドタドタと大きな足音を響かせながら浴室へ向かうと、制服のまま頭からシャワーを浴びた。

二人の血が体中にこびりついていて、浴室内はあっという間に真っ赤に染まっていく。

自分のしてしまったことが徐々に理解できてきて、全身が震える。

「ナツキ？　どうしたの？」

母親の声が聞こえてきて、あたしはハッと息をのんだ。

どうしよう。

どうしようどうしようどうしよう。

バレる前に逃げないと！

焦りながらシャワーを止めた時、制服のポケットにスマホが入っていることを思い出した。

そうだ！
どうすればいいか質問すればいいんだ！
そう思った瞬間、ホッと胸を撫で下ろしている自分がいた。
全身の震えも、一瞬にして消えていく。
このアプリがあれば大丈夫。
何があっても全部解決してくれるんだから！
水に濡れたスマホだけれど、まだしっかり動いてくれている。
さすが、最近の防水加工は優れている。
「ちょっとナツキ、これはどういうことなの⁉」
血まみれになった浴槽を見て、母親が奇声を上げる。
うるさいなぁ。
今から解決するんだから、ちょっと待ってよ。
「これから先、あたしはどうすればいい？」
《ボクが解決してあげる！　自殺しちゃえばいいんだよ！》
ウサギはいつもの声で返事をする。
あぁ……そっかぁ。
そうだよね。

だってあたし、二人も殺してるんだもんね。
このまま生きていたって少年院に入れられて、まともな人生は歩めないだろう。
それなら、今死んだって結果は同じだ。
「あは……あははは！」
なんでこんな単純なことに気がつかなかったんだろう。
「ナツキ、いったい何があったの⁉　あんたちょっと変よ⁉」
突然笑い出したあたしに、母親はたじろいでいる。
大丈夫だよお母さん。
なんの問題もないよ。
だってもう、解決方法がわかったんだもん。
あたしは笑いながら台所へと向かった。
包丁なら、まだまだたくさんあるよ……。
あたしはその中の一つを握りしめて、勢いよく自分の首に突き立てた。
激痛が全身を貫く中、いったん引き抜きまた突き立てる。
母親が何か絶叫しているけれど、何を言っているのかわからなかった。
生温かな血液に包まれてどんどん眠くなってくる。
「あははっ……あははは！」

笑い声がかすれて、表情がひきつる。
それでも、あたしは笑っていた。
心の底から笑っていた……。

END

あとがき

みなさまこんにちは、または初めまして、西羽咲です。

このたびは『洗脳学級』を手に取って下さり、誠にありがとうございます！

今回の作品は使用しているアプリに洗脳されてしまうお話ですが、相手から洗脳されることは滅多になくても、依存してしまうことなら経験がある方も多いと思います。といっても、依存することが悪いわけじゃありません。人間一人じゃ生きていけないものです。

けれどスマホだとどうでしょう？　楽しいアプリがたくさんあって、その中のほとんどが終わりがないものばかり。ゲームだって、何度でもアップデートされて、何度でもプレイできる時代になりました。

この、終わりがないというのは、じつはとっても怖いことなんじゃないかと、思い始めています。

最後までやりきるということが存在しない世界は、自分自身が飽きてやめることでしか、抜け出すことができません。

それはこの『洗脳学級』にも通じるものがあるなぁと、感じます。

熱中することと、依存することは紙一重、気をつけていきたいですね！

さて、去年は西日本豪雨のため中止になっていた花火大会があるのですが、今年は開催され、参加することができました。

夜空に咲く大輪の花と湖面に映る火花。日中の暑さを忘れられるひとときとなりました。

気分転換もできて、花火大会の日にだけ出てくる幽霊の、ちょっぴり切ないお話なんてどうかなぁと考えています。

いつでもどこでも小説のことを考えるなんて、それこそ依存していますね（笑）。

自分でコントロールして書いているつもりでも、書かないと落ち着かない体質になってしまいました。

最後になりましたが、いつも私の作品を形にしてくださるみなさま、いつも応援してくださる読者様、本当にありがとうございます。

これからも、書き続けることで恩返しができればと思います。

二〇一九年十月二十五日　西羽咲　花月

西羽咲 花月（にしわざき かつき）

岡山県在住、趣味はスクラッチアートと読書。2013年8月『爆走LOVE★BOY』で書籍化デビュー。『彼氏人形』で第9回日本ケータイ小説大賞で文庫賞を受賞。『恋愛禁止〜血塗られた学生寮〜』、『復讐日記』、『秘密暴露アプリ〜恐怖の学級崩壊〜』、『予言写真』（すべてスターツ出版刊）など多数書籍化される。現在は、ケータイ小説サイト「野いちご」にて執筆活動中。

黎（くろい）

愛知県出身、2月24日生まれ。『キミが死ぬまで、あと5日』（西羽咲花月/スターツ出版）の装画のほか、ソーシャルゲーム『ウチの姫さまがいちばんカワイイ』(サイバーエージェント)などで活躍。好きなものは、煎餅と漬物とほうじ茶。

西羽咲花月先生への
ファンレター宛先

〒104-0031　東京都中央区京橋1-3-1　八重洲口大栄ビル7F
スターツ出版（株）　書籍編集部気付　西羽咲花月先生

この物語はフィクションです。
実在の人物、団体等とは一切関係がありません。

洗脳学級

2019年10月25日　初版第1刷発行

著　者　西羽咲花月

発行人　菊地修一

イラスト　黎

デザイン　齋藤知恵子

DTP　株式会社 光邦

編集　相川有希子　酒井久美子

発行所　スターツ出版株式会社
〒104-0031
東京都中央区京橋1-3-1 八重洲口大栄ビル7F
出版マーケティンググループTEL 03-6202-0386（ご注文等に関するお問い合わせ）
https://starts-pub.jp/

印刷所　株式会社 光邦
Printed in Japan

乱丁・落丁などの不良品はお取り替えいたします。
上記出版マーケティンググループまでお問い合わせください。

定価はカバーに記載されています。
ISBN　978-4-8137-0783-7　C0193

恋するキミのそばに。

野いちご文庫人気の既刊！

予言写真

西《にし》羽《わ》咲《ざき》花《か》月《つき》・著

高校入学を祝うため、梢は幼なじみ5人と地元の丘で写真撮影をする。その後、梢たちは1人の仲間の死をきっかけに、その写真が死を予言していること、撮影場所の丘に隠された秘密を突き止める。だけど、その間にも仲間たちは命を落としていき…。写真の異変や仲間の死は、呪い!?　それとも…!?

ISBN978-4-8137-0766-0　定価：本体590円＋税

死んでも絶対、許さない

いぬじゅん・著

いじめられっ子の知絵の唯一の友達、葉月が自殺した。数日後、葉月から届いた手紙には、黒板に名前を書けば、呪い殺してくれると書いてあった。知絵は葉月の力を借りて、自分をイジメた人間に復讐していく。次々に苦しんで死んでいく同級生たち。そして最後に残ったのは、意外な人物で…。

ISBN978-4-8137-0729-5　定価：本体560円＋税

あなたの命、課金しますか？

さいマサ・著

容姿にコンプレックスを抱く中3の渚は、寿命と引き換えに願いが叶うアプリを見つける。クラスカーストでトップになるという野望を持つ彼女は、次々に「課金」ならぬ「課命」をして美人になるけど、気づけば寿命が少なくなっていて…。欲にまみれた渚を待ち受けるのは恐怖!?　それとも…？

ISBN978-4-8137-0711-0　定価：本体600円＋税

恐愛同級生

なぁな・著

高二の莉乃はある日、人気者の同級生・三浦に告白され、連絡先を交換する。でも、それから送り主不明の嫌がらせのメッセージが送られてくるように。おびえる莉乃は三浦を疑うけれど、彼氏や親友の裏の顔も明らかになり始めて…。予想を裏切る衝撃の展開の連続に、最後まで恐怖が止まらない!!

ISBN978-4-8137-0666-3　定価：本体600円＋税

書店店頭にご希望の本がない場合は、書店にてご注文いただけます。